KB051827

나는 알몸으로
춤을 추는 여자였다

CHAMBRE 2 by Julie Bonnie
ⓒ Belfond, A Department of Place des Éditeurs, 2013.
All rights reserved.

Korean translation copyright ⓒ BOOK21 Publishing Group, 2014
Korean translation rights arranged with Belfond, A Department of Place des Éditeurs
through Sibylle Books.

이 책의 한국어판 저작권은 Sibylle Books를 통해
Belfond, A Department of Place des Éditeurs와 독점 계약한 (주)북이십일에 있습니다.
저작권법에 의하여 한국 내에서 보호를 받는 저작물이므로
무단전재와 복제를 금합니다.

나는 알몸으로
춤을 추는 여자였다

쥘리 보니 장편소설 | 박명숙 옮김

arte

　당신이 이 글을 읽을 때쯤이면 나의 첫 소설인 『나는 알몸으로 춤을 추는 여자였다』가 한국어로 번역되었을 거라는 생각을 하니 몹시 떨리는 마음을 감출 수가 없군요. 이 글을 읽는 당신도 물론 한국인이겠지요. 나는 한국에 가본 적이 한 번도 없고, 한국에 대해 아는 것도 거의 없습니다. 그런데 내가 사랑하는 베아트리스가 나 대신 먼 곳으로 여행을 떠나게 되었네요.

　나는 지금 침대 위에서 책상다리를 하고 앉아 있습니다. 나는 늘 이런 자세로 글을 쓴답니다. 나는 파리에 살고 있습니다. 내 집에는 벽이 여러 가지 색으로 알록달록하게 칠해져 있고, 천장에는 60년대식의 낡은 샹들리에가 걸려 있습니다. 내가 살고 있는 아파트는 센 강과 아주 가까운 곳에 있고, 나는 매일 강가로 산책을 나갑니다. 센 강은 종종 진초록 빛을 띠고 있고, 주위의 건물들은 청회색과 녹청색처럼 빛이 바랬지만 조화로운 색조들 속에서 항해를 합니다. 커다란 배들이 강가를 따라 정박하고 있는데, 나는 거기서 식사도 하고 콘서트를 관람하거나 햇볕을 쬐며 한가로운 시간을 보내곤 한답니다. 파리의 오래된 길에는 포석이 깔려 있고, 센 강의 다리들은 모두가 그들만의 역사를 담고 있지요. 오늘은 날씨가 참 좋아서 햇빛이 방 안을 환히 비추고 있네요. 아파트 바로 아래쪽에는 초등학교가 있어서 아이들이 재잘거리는 소리를 모두 들을 수 있답니다. 아이들이 노는 소리, 아이들이 부르는 노랫소리가 들려오네요.

나는 이제 10년을 몸담았던 병원에서 더 이상 일하지 않습니다. 이번에는 아이들을 위한 춤 공연을 하기 위해 다시 길을 떠납니다. 그리고 무대 위에서 바이올린과 기타, 그리고 내 목소리로 음악을 들려줍니다.

그리고 글을 씁니다.

『나는 알몸으로 춤을 추는 여자였다』가 프랑스에서 출간된 이후로 내 삶은 많은 것이 달라졌습니다. 내게 어울리는 유일한 삶 속으로 다시 몸을 던질 수 있는 용기를 내기 위해서는 이 책을 꼭 써야만 했다는 생각이 듭니다.

나는 내 삶의 많은 시간을 길 위에서 가수이자 바이올린 연주자로 보냈습니다. 노래를 쓰는 것도 게을리하지 않았지요. 그러던 어느 날, 내 안에서 딱 하고 무언가가 부러지는 것 같았고, 난 나 자신을 포기하듯, 그동안 잘못된 길을 갔던 것처럼 분홍색 유니폼을 입고 산부인과 병원에서 일하기 시작했습니다. 그곳에서 나는 다양한 사람들을 만날 수 있었고, 무엇보다 10년이라는 시간을 보내는 동안 그들의 삶에 얽힌 수많은 사연들을 접할 수 있었습니다. 너무 많은 이야기를 전해 듣다 보니 그것을 글로 써야겠다는 절박한 필요성을 느끼게 되었지요. 무엇보다 나 자신을 구제하기 위해 하루빨리 이야기를 쏟아내야만 했습니다.

나는 물론 베아트리스가 아닙니다. 소설을 쓰는 것은 내게 즐거움을 안겨주었고, 이야기가 나로부터 멀어지면서 베아트리스가 자신만의 형체를 띠기 시작하자 내게 바짝 달라붙어 놓아주지 않았습니다. 『나는 알몸으로 춤을 추는 여자였다』는 자서전은 아니지만, 사람은 결국 자기가 가장 잘 아는 것을 글로 쓰는 게 아닐까요?

한국의 독자 여러분, 여러분은 지금 지구 반대편에서 내 책을 읽고 있고, 여러분 덕분에 나의 한쪽이 책과 함께 한국에서 좋은 시간을 보내게 되었습니다.

내게 이런 영광과 감동을 안겨준 여러분에게 진심 어린 감사의 말씀을 전합니다.

2014년 4월 파리에서

쥘리 보니

닉과 쥐스틴

그리고

펠릭스를 위하여

"서서히 꺼져가기보다

한 번에 뜨겁게 타오를 수 있는

삶이기를!"

핸즈 업 익사이트먼트 Hands Up-Excitement!

2013년 베를린

차례

매일 아침,
2호실에서 하루를
시작한다

매일같이, 어김없이, 똑같은 일이 반복된다. 모든 팀에 똑같이.

2호실의 부인은 결코 떠나는 법이 없다.

그녀는 벌써 몇 년째 그곳에 머무르고 있다. 하지만 얼마나 시간이 흘렀는지 정확히 아는 사람은 아무도 없다.

그녀의 방에는 시간이 정지해 있다.

우린 때로 동료들끼리 그 얘기를 농담처럼 하곤 한다.

"저 2호실에 하루 종일 누워 있으면 기분이 어떨까? 저기서는 어쩌면 영영 늙지 않을지도 모른다는 생각이 들어."

"그렇게 생각하면 그 방에 세 들어 지내는 것도 괜찮겠네……."

"맞아. 그럼 적어도 늦지는 않을 테니까 말이야!"

하지만 우리의 손길을 기다리는 일이 산더미처럼 쌓여 있다. 시간을 멈추는 얘기 따위로 낭비할 시간이 없다. 서둘러야 한다.

먼저 진료실에 소지품을 갖다 놓는다. 바구니 안에는 온갖 잡동사니가 다 들어 있다. 습포濕布, 소독제, 시디, 휴가 신청서, 담배 등등. 먹을 건 타파웨어(생활용품 브랜드로, 여기서는 음식을 담는 용기를 칭함―옮긴이) 안에 넣어두었다. '도시락'이라는 말은 왠지 잘 쓰게 되지 않는다. 아직 이곳 생활에 적응이 안 된 탓이리라. 그 밖에도 아직 낯설게 느껴지는 말들이 있다. '근무를 시작하다', '그것'과 같은 막연한 말들, '팀장님' 같은 말들.

탈의실에서 빛바랜 분홍색 간호사복으로 갈아입고 바구니를 가져다 놓고 나면 그때부터 구토증이 일기 시작한다. 이 일은 내게 여전히 힘겹게 느껴진다. 하지만 경쾌한 어조로, 혹은 그렇게 하려고 애쓰면서 동료 간호사들에게 인사를 건넨다.

그리고 간신히 미소를 지어 보인다.

산부인과에서 일하는 사람들은 대부분 여자들이다. 남자들은 너무 심약하기 때문이다. 내가 마주쳤던 몇 안 되는 남자들은 금세 무너져버렸다. 과히 보기 좋지 않은 광경이었다.

여자들이 소금물이 담긴 커다란 양동이에 집어넣었던 얼굴을 들자 얼굴에서 물이 뚝뚝 떨어져 내린다. 힘든 밤을 보낸 그녀들의 눈에는 두려움이 가득하다. 하지만 나를 보고는 안도의 한숨을 내쉰다. 그녀들은 이제 경비대에게 총을 건네듯 그들을 '내게 넘겨줄' 수 있기 때문이다.

"힘내서 잘하길 바라."

나는 알고 있다. 오늘 저녁 나는 지금의 저들과 똑같은 얼굴을 하고 있으리라. 인간의 육체를 한 채 열두 시간을 보내야 한다. 옷을 입지 않으면 죽을지도 모르는 순간에, 벌거벗은 채로, 차가운 눈밭에서, 뜨거운 불 속에서 견뎌야만 한다.

이제 병원을 돌아볼 시간이다. 각각의 병실, 각각의 환자, 각각의 영혼, 각각의 비극, 각각의 삶. 이곳은 다음과 같은 말들로 요약된다. 아이, 죽음, 식욕부진, 다운증후군, 출혈, 파열, 병력, 눈물, 두려움, 불안감, 불면의 밤, 튼 피부, 부종, 젖 짜는 기구, 고독, 남편, 유산, 인공 중절, 결찰結紮 수술, 사회심리학, 감염, 학대, 모성적 유대, 쇠약함, 우울증, 회음부.

물론 나는 괜찮다. 내 동료도 역시 괜찮다.

그리고 우리는 커피를 마시러 간다.

우린 서로 아무 말도 하지 않는다. 그러다 침묵을 메우기 위해 아무 말이나 한다. 그것도 습관이 되면 괜찮다. 무슨 말을 했는지 기억은 잘 나지 않는다. 넌 괜찮아? 응. 괜찮아. 정말? 아니. 누가 힘들게 해? 난 커피. 여기! 뜨겁네. 파란색 잔과 붉은색

잔. 의자들. 물론, 정말 괜찮아. 늘 그렇듯이. 카페. 전화. 등이 결린다. 머리 아파? 여기 아스피린.

이 일을 처음 시작했을 때 나는 이곳 분위기를 잘 이해하지 못했다. 나는 환자들에게 안부를 물으며 뭔가를 말하려고 애쓰곤 했다. 하지만 늘 혼자 겉돌기만 했다. 지금 생각해보면, 정말 눈치 없는 여자로 보였을 것이다. 자녀들 소식을 묻거나 영화에 관한 얘기를 하는 식으로 늘 그들과 대화하려고 했으니까. 신참인 나에게 그들은 마지못해 대답해주었다. 그들은 더 친숙한 간호사들과 잡담하는 것을 좋아했다. 때로는 내가 끼어들 여지가 없는 독백이나 대화를 했다. 물론 비나 기온 같은 날씨에 관한 얘기도 나눴다. 그 자리에 없는 간호사들에 대해 험담도 했다. 누가 이런저런 걸 했다더라, 누가 맡은 일을 제대로 하지 않더라는 얘기들. 때로는 내가 듣지 못하도록 목소리를 낮추어 자기들끼리 소곤거리기도 했다. 하지만 나는 그들이 하는 말을 모두 알아들을 수 있었다.

시간이 흐르면 모든 것에 적응되는 법이니까.

이제 카페에 모여 웅성거리던 사람들도 모두 떠나고 없다. 전쟁이 시작되기 직전에는 서로 아무 얘기도 하지 않는다.

이제, 공격에 나서야 할 때다.

시작은
언제나
2호실이다

L 부인은 수년 전부터 그녀의 침대를 떠나지 않고 있다. 그녀는 결코 회복되지 못했다. 이 방에는 더 이상 아기가 없다. L 부인은 쌍둥이 여아를 임신했었다. 하지만 출산 과정에서 문제가 생겼다. 첫째 아이는 아무런 문제 없이 정상적으로 태어났다. 마리라는 이름을 갖게 된 아기는 여동생이 태어나는 동안 아빠의 품에 안겨 있었다. 하지만 마리의 동생은 밖으로 나오려고 하지 않았다. 그들이 겸자로 아기를 끄집어내려 하자 아기는 소리를 질렀다. "싫어! 싫어!" 그들은 아이를 꺼내지 못하고 다시 터널 속으로 밀어 넣었다. 다시 올라가! 다른 쪽에서 널 꺼내줄게!

그들이 엄마의 배를 가르고 아이를 꺼냈을 때 아이는 이미 스스로의 선택을 한 후였다. 더 이상 심장이 뛰지 않았다. 아이는 다시 어둠 속으로 돌아갔다. 여동생도, 딸도 없었다. 죽은 아기가 그 모두를 대신했다.

L 부인은 충격을 이겨내지 못했다. 병원 측에서는 처음에는 부인이 마리와 '유대를 느낄' 수 있도록 그녀에게 심리학자를 보냈다. 그래도 아이 하나는 얻지 않았는가! 건강하게 살아 있는 아이로! 그런데 왜 자꾸만 어둠 속으로 파고들려고 하는가? 그 아이는 스스로의 선택을 했던 것이다. 그러니 산 사람은 살아야 하지 않겠는가! 그녀에게 이런 말들을 하고 또 했다. L 부인, 이 아기를 보세요, 얼마나 귀여운 딸인가요, 정말 사랑스럽고 놀랍지 않나요? 이 앙증맞은 입, 조그만 코, 심지어 대변까지도 사랑스럽지 않아요……?

하지만 L 부인은 우리가 하는 말을 듣지 못했다. 그녀의 육체는 그곳에 누워 있었지만 영혼은 어린 천사와 함께 먼 곳으로 떠나버렸다. 그리고 다시 돌아오지 못했다. 그녀의 남편은 마리와 함께 떠났다. 그녀는 여전히 꼼짝하지 않고 그곳에 남아 있었다. 그는 아내의 입원비를 지불하면서 우리에게 매우 고마워했다. 마리는 잘 자라주었다(그는 우리에게 사진을 보냈다). 아주 귀여운 아이였다. 남편은 아이에게 엄마가 죽었다고 말하고 (지금으로서는 사실이나 다름없다) 새 출발을 했다.

L 부인은 2호실 가구의 일부가 되었다.

나는 그녀를 보러 갈 때마다 그녀의 두려움과 슬픔을 느낄 수 있다. 어찌나 강렬하게 느껴지는지 눈을 감고도 그 냄새를 알아볼 수 있을 정도다. 나는 L 부인과 함께 눈물을 흘리기도 한다. 그 심정이 충분히 이해되기 때문이다. 때로 그녀의 눈꺼풀과 배를 가만히 쓰다듬으면 그녀가 행복해하는 게 느껴진다. 행복이 스쳐 지나갔던 짧은 순간을 붙잡아두고 싶어하는 것을 느낄 수 있다. 오랜 기다림 끝에 마침내 얻게 된 쌍둥이 딸, 그녀의 꿈, 두 어린 천사. 가지 마, 아가야, 내 곁에 있어줘, 아가야, 가지 마, 가지 마, 가지 마. 그녀는 수년 전부터 아기 천사에게 자기 곁에 있어달라고 애원하고 있다. 그녀의 시간은 그 순간에 멈춰 있다. 바로 그 순간에. 내 곁에 있어줘, 내 곁에 있어줘. 그때는 아직 그게 가능했었다. 그녀는 그 순간을 놓을 수가 없다.

하지만 그녀는 숨을 쉰다.
그리고 그녀의 육체도 늙어간다.

모든 출산이
다 그런 것은
아니다

다행스럽게도 때로는 좋을 때도 있다.

정말 멋진 출산 광경을 지켜보았다. 그 어떤 무용 공연보다, 그 어떤 연극 공연보다 더 아름다운 광경이었다. 산모는 댄서였다. 운 좋게도 나는 그녀가 오래도록 기억될 공연을 펼치는 것을 볼 수 있었다.

그녀는 엎드린 자세로 아이를 낳았다. 테이블 위에서. 무통분만 주사 같은 것은 원하지 않았다. 만약의 경우를 대비하여 팔에 링거주사를 꽂았을 뿐이다. 길게 쭉 뻗은 근육질의 육체, 뇌쇄적인 아름다움을 지닌 여인. 그 순간을 다시 떠올려본다. 꿇어앉은 채 소리를 지르는 알몸의 여인. 배 속 깊은 곳으로부터 나오는 짐승의 울음소리 같은 거칠고 긴 외침.

노르스름한 불빛의 오라로 둘러싸인 여인은 고통으로 눈이 뒤집어지고, 갈색 머리카락은 가닥가닥 떨어진 채 마치 메두사의 팔처럼 그녀의 유난히 새하얀 살갗 위를 기어간다. 참으로 기이한 기억이다. 여인의 배가 꿈틀거리면서 위쪽에서 아래쪽으로 수축하자 배 속의 아기가 빛을 향해 내려오기 시작한다.

분만팀은 그녀의 주위에서 외계 여인이 새 생명을 탄생시키는 광경을 지켜보고 있다. 모두들 만일의 경우에 즉각 개입할 준비가 돼 있다.

여인은 이제 더 이상 소리를 지르지 않는다.

침묵이 흐른다.

그녀는 두 손을 테이블 위에 올려놓은 채 밀어내고…… 계속해서 밀어낸다……. 조산사는 아이가 나오는지 살피기 위해 여인의 질 입구를 살펴본다. 그녀가 기다리는 건 아이의 머리다.

댄서인 외계 여인은 다시 호흡을 시작하면서 방 안의 공기를 모두 빨아들인다. 그녀는 엄청난 공기를 필요로 해서 말 그대로 방 안의 산소를 모두 비워낸다. 그리고 비좁은 길 밖으로 거대한 생명체를 힘겹게 밀어낸다.

피, 양수, 태반 그리고 외양간 냄새가 여인의 몸 밖으로 빠져나온다. 그녀의 비명 소리에 모두들 소스라쳐 놀라며 비틀거리다가 눈물을 흘린다. 그녀의 질에서 단번에 불쑥 머리가 빠져나온다. 그녀는 아이의 머리를 잡고 직접 아이를 밖으로 꺼낸다. 누구도 감히 그녀를 만지지 못한다……. 탯줄과 태반이 아래로 굴러떨어진다.

여인은 자신의 아이를 품에 안고 꿇어앉는다.

아이가 울음을 터뜨린다.

정말 멋진 순간이다. 박수갈채를 받을 만하다. 하지만 나는 서둘러 방을 나서야만 한다. 이제 남은 사람들이 후산後産 처리와 질 검사를 마치고 신생아의 무게를 잰 다음 아이가 처음으로 젖 빠는 것을 지켜봐야 한다.

나는 필요한 진료 기록들을 찾으러 가야 하고, 다른 환자들에게는 소변검사용 테스터에 오줌을 누도록 요청해야 한다. 아이 아빠에게는 아기가 재채기하는 건 지극히 당연한 거라고 얘기하고, 내 급여 카드와 식권을 가지러 가야 한다. 물론 소파에 편히 앉아 지금까지 보았던 장면을 계속해서 다시 돌려볼 여유는 없다. 아마도 불면의 밤에 머릿속에 저장된 자료들을 선별해서 되돌려보게 될 것이다, 두 눈을 크게 뜬 채로.

이렇게 시간 부족으로 발을 동동거리거나, 강렬한 감정을 느꼈을 때 병적인 동요 상태에 놓이게 되는 사람은 나밖에 없으리라. 감정을 억눌러 몸속 저 깊은 곳, 간肝 바로 옆에 붙은 조그만 주머니 속에 집어넣은 채 거기에 휘말리지 않는 것은 내 능력 밖의 일인 것 같다.

그녀와 함께 소리를 지를 수 있었더라면. 울부짖듯 힘껏 외치거나, 춤을 추거나 트럼펫을 연주하거나 여인의 차가운 전율을 미친 듯한 무도병舞蹈病으로 변화시킬 수 있었다면! 하지만 그러다가 미친 여자 취급을 받고 싶지는 않다. 그건 내게는 아주 중요한 일이다. 나는 '정상적인' 여자이고 싶다. 모든 세상 사람들처럼. 그런 면에서, 평온하고 명료하게 지내기 위해 내가 들이는 노력은 실로 엄청난 것이다. 폭발하지 않기 위해서는 자신의 감정을 최대한으로 억눌러야 한다. 폭발하는 것은 신생아실 간호조무사의 일에 속하지 않기 때문이다.

나는 더 이상 춤추지 않는다, 폭발하지도 않는다.

나는 간호사복을 입고 일한다. 이곳의 다른 간호조무사들처럼. 그리고 교대 근무를 한다. 커다란 노트에는 '신생아실 간호조무사의 하루 일과'가 적혀 있다. 거기 적힌 것을 따라 하기만 하면 된다. 그건 아무나 할 수 있는 일이다. 나는 그중 하나일 뿐이다. 그게 내가 여기서 일하는 이유이기도 하다.

지극히 '정상적'이 되어 아무도 나의 광기를 알아차리지 못하게 되는 것. 그게 내가 이곳에서 얻고자 하는 것이다.

나는 메릴린 먼로가 되고 싶었다. 진정으로. 할리우드에서 가장 잘나가는 여배우가 되어 젊어서 죽고 싶었다. 나는 댄서였다. 언더그라운드 뮤지컬 코미디(뮤지컬 코미디는 극적 사건을 대사는 물론 노래와 춤으로 표현하는 극. 여기서는 음악과 희극적 드라마를 전위적으로 결합한 극을 일컫는다 — 옮긴이)가 내 전문이었다. 그룹 베를린(Berlin, 1979년 캘리포니아에서 결성된 미국 뉴웨이브 그룹. 영화 「탑 건」의 주제가인 *Take My Breath Away*로 유명하다. '뉴웨이브'는 펑크 이후의 새로운 록을 통칭하는 말로, 자기만족과 기존 질서에 대한 공격, 기괴함과 자유분방을 특징으로 하는 음악이다 — 옮긴이)식으로 소울 풍의 로커들을 위해 알몸으로 포즈를 취하는 게 내가 하던 일이었다. 순수한 광기 그 자체를 위해.

그리고 메릴린 먼로와는 달리 나는 아이들을 얻었다.

잠을
자지 않고는
살 수 없다

그런데 난 일하러 가야 한다는 생각 때문에 쉽게 잠을 이룰
수 없다. 게다가 아무 이유 없이 잠을 전혀 자지 못할 때가 있다.
따라서 다음 날 열두 시간을 내리 일하면서 자기감정을 세심하
게 관리해 '돌보는 사람'의 역할을 제대로 해내려면 미리부터
나 자신을 준비시켜야 한다.

나는 낮 동안에는 아무것도 하지 않으면서 시간을 보내는 편
이다.

그런 다음에는 시간을 헤아린다.

나는 잠자리에 들기 전에 시간을 헤아린다. 나 자신에게 적어
도 다섯 시간의 잠을 허락하면서 침대에서 얼마나 뒤척여도 되

는지를 세어보는 것이다. 예를 들어, 자리에 누운 지 네 시간이 지나도 잠들지 못하면, 완전히 미쳐버리거나 한숨도 못 자게 되는 불상사를 피하기 위해서는 아직 여섯 시간(잠드는 시간까지 포함해서)의 수면 시간이 더 필요한 셈이다. 그러니까 새벽 5시 30분에 맞춰놓은 기상 시간으로부터 열 시간 전, 즉 저녁 7시 30분에는 잠자리에 들어야 한다는 계산이 나온다. 그래서 나는 저녁이 되면 아이들에게 밥을 먹이고, 나도 밥을 먹고, 7시 30분이면 침대에 누워 잠드는 시도를 하기 시작한다.

하지만 늘 성공하는 건 아니다.

그러면 난 지옥을 맛봐야 한다.

나만의 지옥을.

너무나 피곤해서 다음 날 사물이 이중으로 보이고 손이 떨리면서 현기증이 날 때가 있다. 부모들이 내게 자기 아이에 대해 이야기할 때도 나는 다른 세계로 날아오르곤 한다. 두통에 배까지 아파오면서 토하고 싶어진다. 하지만 완벽한 미소를 띤 채 그들의 말에 '귀를 기울인다.' 나는 속으로만 죽어간다.

겉보기에는, 나는 지극히 '정상'이다.

그리고 저녁에 집에 돌아와서는 몸을 주체 못할 정도로 지독

한 피로감에 눈물을 쏟아내고 만다. 하루 종일 억눌러야 했던 감정들과 눈물 바람의 여자들, 빽빽 울어대는 아기들, 공격적인 아버지들, 역겨운 의사들 때문에.

2호실
다음에는
4호실이다

왜냐하면, 대체로 3호실은 별 문제가 없으니까. 따라서 거긴 좀 나중에 가도 된다. 4호실. 조용히 문을 두드린다. 아침 8시 30분이다.

"안녕하세요, 부인. 저는 오늘 담당인 신생아실 간호조무사 베아트리스예요. 밤엔 잘 주무셨나요?"

하하하하!!! 나는 방금 아주 말도 안 되는 농담을 한 셈이다. 병실로 들어서면서 곧바로 그녀가 어떤 밤을 보냈을지 충분히 짐작할 수 있었기 때문이다. 안에서는 아주 고약한 악취가 풍겼다! 침대에는 일주일 전까지만 해도 여자였을 유령이 보였다. 부풀어 오른 두 눈, 더럽고 엉망으로 헝클어진 머리, 알몸에 피가 잔뜩 묻은 그물 팬티만 입고 그 위로 배를 늘어뜨린 채 실성한 사람처럼 침대에 걸터앉아 있는 여자. 아이는 피로 얼룩진 시트로 가려진 채 잠들어 있다.

"난 더 이상 못 하겠어요. 아이가 밤에 잠을 자지 않는다고요. 이젠 더 이상 나올 젖도 없어요. 아이가 어찌나 빨아대는지 간밤엔 젖에서 피가 다 났다니까요. 너무 아파요, 어떻게 이럴 수 있죠? 애한테 젖병을 물리면 안 되나요? 애는 배가 고파 죽겠다고 보채는데 난 잠을 자야만 한다고요. 오늘 오후에 누가 날 보러 오기로 했단 말이에요……. 아이가 어디가 아픈지, 배가 아픈 건 아닌지 종일 인상을 쓰면서 울어대기만 하니. 도무지 어떻게 달래야 할지 모르겠어요……. 아기가 자기 침대에 있으려고 하질 않아요. 이러다가 나쁜 습관이 들어버리는 건 아닌지 정말 걱정이에요……. 이건 정말 정상이 아니지 않나요?"

부인의 뺨 위로 마치 세 살배기 어린아이의 것 같은 눈물이 흘러내렸다. 그녀는 행복하지 않았다. 바로 얼마 전에 엄마가 되었는데도.

그건 끔찍한 일이다.

인형을 진짜 아기처럼 어르고 돌보던 어린 시절. 인형에게 정말로 우유가 나오는 젖병을 물린 후 기저귀를 갈아주고 산보를 시키고 조그맣고 귀여운 아기 침대에 눕히던 놀이들. 그 모든 게 무너져 내린 것이다, 여기, 내 눈앞에서. 세 살배기 어린 소녀는 실망을 감추지 못한다.

아무도 그녀에게 이런 사실을 미리 알려주지 않았던 것이다.

나는 어린 시절의 그녀가 어땠을지 충분히 짐작할 수 있다. 어린 소녀는 푸른 눈을 가진 어여쁜 공주였다. 엄마는 소녀의 머리를 예쁘게 묶어주었다. 햇볕이 따사로운 어느 날, 모녀는 장을 보기 위해 함께 거리로 나섰다. 소녀는 자신의 아기가 타고 있는 미니 유모차를 밀었다. 아기의 이름은 오로르였다. 머리는 소녀와 똑같은 금발이었고, 소녀의 엄마는 아기의 머리도 예쁘게 묶어주었다. 소녀는 유모차에 매단 분홍색 가방에 젖병과 기저귀를 넣었다…… . 그러면 아기가 배고파 보챌 때마다 우유를 줄 수 있을 터였다. 때로는 아이를 꾸짖기도 하고, 말을 듣지 않거나 너무 울어대면 살짝 때리기도 했다. 또 아이를 품에 안고 다독이기도 했다, 머리를 아래로 한 채. 그 나이에는 어떻게 하는지 잘 모르니까…… . 때로는 아이의 머리를 잡기도 했다. 소녀의 엄마는 그런 광경을 지켜보며 딸에게 흐뭇한 미소를 지어 보였다. 빵을 사기 위해 줄을 서 있던 엄마는 주위를 둘러보며 동의를 구했다.

제 딸이 얼마나 사랑스럽고 귀여운지 한번 보세요! 저 원피스는 어제 제가 사준 거랍니다. 색깔이 아주 잘 어울리지 않나요? 제 딸은 정말 똑똑하답니다. 벌써부터 아이를 저토록 잘 돌보는 걸 보세요! 분명 자기 엄마처럼 좋은 엄마가 될 거예요!

빵을 사려고 줄을 서 있던 다른 엄마들이 서로에게 공감 어린 미소를 지어 보였다. 어린 소녀는 그 사실을 감지하고는 자기 아이에 대한 사랑을 더 지극하게 표현하면서 아이를 더 심하게 꾸짖거나 어루만졌다. 소녀가 사랑스럽게 머리를 흔들자 묶은 머리가 모두 풀어졌다. 자기가 아이를 얼마나 잘 돌보는지 보여주고 싶어 소녀가 젖병과 기저귀를 꺼내려고 하자 엄마가 고개를 저었다.

엄마는 자기 딸이 얼마나 교육을 잘 받았는지 보여주고 싶어 했다.

"안 돼, 여기서는. 그건 집에서 해야지. 여긴 네 방이 아니잖아. 안 돼. 이제 곧 집에 갈 거니까 조금만 참으렴."

소녀는 속이 상했지만 착한 딸로서 엄마의 말을 따랐다. 그래서 꺼냈던 것들을 도로 집어넣었다.

물론 그녀에게 외양간 냄새와 피, 고통, 끈적거리고 이해할 수 없는 작은 육체, 엉망이 된 가슴, 뜬눈으로 꼴딱 새우는 밤들, 고독과 무력감 같은 것들에 대해 이야기해준 사람은 아무도 없었다.

그 이전에, 남자들과 질, 체액, 냄새, 욕망의 거친 숨결, 일그러진 얼굴에 대해 제대로 얘기해준 사람도, 격렬한 몸짓, 육체의 마찰 등에 대해 얘기해준 사람도 없었다.

어여쁜 옷과 백화점에서 산 아기 인형, 그게 그녀가 아는 전부였다.

그리고 내게는 이 모든 문제를 단번에 해결해줄 수 있는 능력이 없다.

그녀에게 이렇게 말해줄 수는 있었을 것이다. 당신 아기는 잘 자고 있어요. 깨어 있는 것처럼 보이지만 사실 어쨌거나 잠을 자고 있는 거랍니다. 그러니까 가서 샤워를 하고 바람을 쐬어도 됩니다. 젖 먹이는 게 힘드시면 병원에서 젖병을 가져다줄 거예요. 뭐든지 자연스럽게 이루어져야지 강요할 수는 없는 법이니까요. 그건 서로에게 아무런 도움이 안 되거든요. 그러니 부인, 힘을 내자고요. 출산이 병은 아니잖아요. 30분 후에 다시 올 때는 화장을 하고 얼굴에 환한 미소를 띤 모습을 볼 수 있으면 좋겠군요. 내일은 더 좋아질 겁니다. 안 그러면 다른 수많은 여자들이 어떻게 아이를 낳았겠어요?

병원 측에서는 으레 그렇게 다독일 것이다.

하지만 나는 아무 말도 하지 않는다.

나는 부인을 꼭 껴안고 내가 아는 모든 것과 내가 본 모든 것을 설명하고, 여자들에게 믿게 하는 모든 거짓말들을 알려주고 싶었다. 그리고 그녀가 겪고 있는 일들은 세상 모든 여자들이 거쳐온 것이라는 사실을 말해주고 싶었다.

하지만 내게는 그럴 시간이 없다. 만약 매일같이 그래야 한다면 나는 아마도 미쳐버릴 것이다. 말 그대로. 5분 만에 삶을 바꿀 수는 없는 법이다. 그건 한마디로, 불가능하다.

우리는 테이블에 둘러앉아 4호실 부인에 대해 농담을 한다.

"그 부인 오늘 몰골이 어떤지 봤어? 지난주보다 훨씬 더 나빠졌더라고! 너 같으면 사람들 앞에서 홀딱 벗은 채 흉측한 기저귀랑 그물 팬티만 입고 있는 걸 상상이나 할 수 있겠니?"

"아니, 절대 못 그러지. 요즘 여자들은 정말 부끄러움을 모르는 것 같아. 자신을 전혀 존중할 줄 모른다니까. 난 정말 이해가 안 돼. 어떻게 그렇게 흉한 꼴을 함부로 보일 수가 있는 거지?"

"난 아이를 낳았을 때 맨 처음 한 일이 샤워를 하고 깨끗한 옷으로 갈아입은 거였어."

"당연하지. 그건 기본이지."

나는 그들을 따라 나 역시 몸을 깨끗이 씻고 말끔하게 옷을
갖춰 입었었다고 얘기한다.

하지만 10년간 거의 매일 저녁마다 알몸으로 춤을 췄었다는
건 말할 수 없다.

그것도 단지 즐거움을 위해서.

그때 나는
겨우 열여덟 살이었다,
어린아이에 불과한

나는 댄서가 되고 싶었다. 당시 내게 가장 중요한 일은 사람들이 나를 바라보는 것이었다. 나는 몇 시간이고 거울 앞에 서서 양손을 허리에 얹고 두 손으로 가슴을 움켜쥐는 동작을 반복하곤 했다. 그리고 핀으로 벽에 꽂아놓은 흑백의 엽서들 속에서 자태를 뽐내고 있는 섹시한 여배우들의 수줍은 듯 샐쭉한 표정을 기막히게 잘 재현했다. 나는 바르도였고, 먼로였다. 나 자신이 그들만큼이나 아름답다고 생각하면서 내 미래는 이미 확고하게 정해져 있다고 믿었다. 댄서에서 배우로. 먼저 댄서가 되어 사람들에게 주목을 받고 대중의 사랑을 받다가 불행해져서는 죽게 될 터였다. 나는 불행해 보이는 얼굴을 하는 데는 제법

일가견이 있었다. 우울한 낭만주의에 빠져드는 것을 좋아했으며, 불가사의하고 슬픈 눈빛을 하는 것은 여느 전문 배우 못지 않았다.

또래 소년들과 남자들은 내게 매번 속아 넘어갔다. 그들은 나의 매력에 흠뻑 빠져들었고, 내게 누군가를 유혹하는 능력이 있다는 것은 참으로 근사한 일이었다.

초등학교 교사였던 내 부모님은 두 분 다 나이가 많았다. 엄마는 내 가슴에 주목한 적이 한 번도 없었다. 부모님은 결코 서로 사랑을 나누지 않았다.

그게 서로에게 더 편했기 때문이다.

당시에는, 내가 보기에도 황홀한 내 몸을 드러내는 것이 간절하고도 다급한 욕구로 변했다. 그렇다. 난 너무나 아름다운 음악이 흘러나올 때면 알몸으로 테이블 위에 드러눕는 부류의 여자였다. 사람들의 시선을 사로잡기 위해서는 매 순간 모든 것을 보여줄 준비가 돼 있는 한 지방 도시의 메릴린 먼로였다.

말하자면 맹인들에게 둘러싸인 뇌쇄적인 미녀였다고 할까.

가보르와 파올로를 만나기 전까지, 나는 투르의 모든 소년들과 남자들이 너 나 할 것 없이 유혹하고 싶어하는 공주와도 같은 존재였다. 나는 그런 상황들을 이용해 교묘하게 여자들의 질투심을 부추겼다. 나는 사람들이 아직 나를 충분히 주목하지 않으며 충분히 사랑하지 않는다고 생각했다. 그래서 온갖 수단과 방법을 동원해 그들의 관심을 끌고자 했다. 하지만 그러다 행여 헤픈 여자처럼 보이는 일이 없도록 아주 세심한 주의를 기울였다. 나는 많은 남자들과 사랑을 나누었으며, 여러 번 사랑에 빠진 척했고, 그 누구에게도 내 본모습을 보여준 적이 없었다.

하지만 그런 내가 결코 행복했다고는 말할 수 없다. 그런 건 행복과는 아무 상관 없는 일이니까.

나는 가보르와 파올로의 음악 덕분에 또 다른 차원에서 벌거벗을 수 있고 사랑받을 수 있다는 것을 알게 되었다. 알몸을 드러내는 데서 느끼는 무아지경, 그 우아함에 매료되었다. 나는 유령, 비 그리고 안개가 되었다. 나는 주었고, 또한 받았다.

나는 아무런 가식도 필요하지 않게 되었다. 비로소 진정한 기쁨을 느낄 수 있었던 것이다.

시간이 흐름에 따라 나는 나의 몸보다 훨씬 더 많은 것을 보여줄 수 있게 되었다. 내 상처를 드러내 보여주고, 내 감정을 사람들 앞에 공개했다. 육체의 옷을 벗고, 영혼의 껍질을 벗었다.

가보르의 바이올린과 파올로의 드럼 연주를 들으러 온 펑크 로커들이 가득 들어찬 클럽에서 벌거벗은 채로, 내 젖가슴이나 엉덩이 이상으로 나의 피를 춤추게 했다.

1990년대 초반, 그런지 록이 유행하던 시절이었다. 문신을 한, 지저분하고 아름다운 예술가들의 시대였다. 우리는 검은 가죽옷을 입고, 최초의 피어싱 전문가들이 살갗에 뚫어준 구멍에 은으로 된 장신구들을 달고 다녔다. 그리고 유럽, 특히 동유럽의 클럽들을 휩쓸었다. 베를린식의 음침하고 쓸쓸하고 아름답고 섹시한 카바레가 우리의 주 무대였다. 나는 춤을 추었고, 알몸이었다. 나는 매일 저녁 부두교에서 말하는 무아지경 속으로 빠져들었다. 내 젖가슴은 검은 눈을 가진 내 남자 가보르의 바이올린 소리에 맞춰 정신없이 흔들렸고, 내 엉덩이는 분노로 들끓는 젊은이들로 가득 찬 클럽 전체를 행복감에 취해 소리 지르게 했다.

삶에 약간의 명예가 함께하던 시절이었다.

나는 현실 위에서 맴돌고 있었다. 춤을 추었고, 사랑을 나누었다. 나는 사랑에 빠졌고, 내 남자는 행복했다. 나는 예술가로서 갈채를 받았다. 그리고 무대에서 사라지는 즉시, 안개처럼 형체가 사라지면서 황홀경에 빠져들곤 했다.

내가 가진 것은 벌거벗은 몸이 전부였다.

그런데 이 모든 게 어떻게 무너져 내렸는지 도무지 이해할 수 없다.

그사이 내겐 아이들이 생겼고, 가보르는 떠났다.

그러자 두려움이 느껴졌다. 아무것도 두려워하지 않던 내가.

더불어 나의 몸도 침묵했다.

일을 해야만 했다.

나는 간호조무사복을 입었다.

그들의 이름은
체브스키와
릴리아노였다

두 사람은 투르에 있던 트루아 오르페브르라는 블루스 클럽에서 연주하고 있었다. 새벽 4시에 문을 닫는 곳이었다. 나는 열여덟 살이 되자마자 그곳에 드나들기 시작했고 대부분의 밤을 그곳에서 보냈다. 부모님은 그런 내게 두 손을 들었다. 그리고 더 이상 아무 말도 하지 않고, 아무것도 묻지 않았다.

체브스키와 릴리아노는 이미 명성이 자자했다. 가보르 체브스키의 바이올린 연주는 동유럽에 기반을 두고 있었지만 미국의 재즈와 포크송을 차용한 것이었다. 파올로 릴리아노의 드럼은 규정을 따르지 않는 격렬하고 미친 듯한 연주로 정평이 나 있었다. 그들의 음악은 끊임없이 즉흥적으로 만들어졌으며, 두 사람은 청중이 그들의 음악을 따라오고 청중이 마음에 들면 네 시간이 넘도록 콘서트를 하는 것으로도 유명했다.

나는 그들에게 잘 보이고 싶었다.

그래서 내가 할 수 있는 한 최대한으로 예쁘게 치장했다. 반들거리는 피부에, 하이힐, 몸에 꼭 끼는 청바지와 속이 훤히 비치는 검은색 실크 블라우스 그리고 근사한 브래지어를 착용했다. 섹시하되 천박해 보이지는 않도록. 내가 원한 사람은 릴리아노였다. 내가 갖고 있는 그들 사진 속의 그는 너무나도 멋졌다. 가보르는 너무나도 특이하고 너무나도 위험해 보였다. 새로운 정복 대상을 찾아 나선 나는 한 남자를 유혹하고자 했고, 그로 인해 내 삶 전체가 달라졌다.

첫날 저녁(그들은 일주일에 사흘을 연주했다), 나는 춤을 추며 본격적으로 계획을 실행에 옮겨 잘생긴 파올로(그 역시 여자를 쉽게 바꾸는 것으로 유명했다)를 내 것으로 만드는 대신 그들의 음악에 매료되고 말았다.

내 안에서 무언가가 꿈틀거리더니 똑바로 일어섰다. 나는 테이블에 꼼짝 않고 앉은 채 눈을 감고 귀를 기울였다. 그러자 그들의 음악이 내 삶 속으로 들어왔다.

둘째 날 저녁에도 마찬가지였다. 다만, 내가 가보르를 쳐다보자 가보르도 나를 쳐다보았다는 사실만 빼고. 하지만 그의 눈빛이 너무나 강렬해서 그를 계속 바라볼 수 없었다. 나는 당황하며 얼굴을 붉혔다. 가보르는 내가 알지 못하는 어떤 곳으로 나를 부르는 것 같았다. 그는 콘서트가 끝난 후 독일식 억양과 눈빛으로 내게 말을 걸어왔다. 나는 바닥을 내려다보면서 댄서라고 말했다. 당장에라도 달아나버리고 싶었지만 그에게 홀린 듯 그 자리를 떠날 수가 없었다. 내 말에 그는 내 손을 덥석 잡으며 외쳤다. "그럴 줄 알았어요. 내일, 춤출 수 있죠?"

셋째 날 저녁에는 그곳에 가지 않을 뻔했다. 심장이 쿵쿵거리며 세차게 뛰었다. 용기를 북돋아줄 무언가가 필요했다. 술을 마시고 또 마셨다. 그때까지 나는 술을 마셔본 적이 한 번도 없었다. 그날은 부모님 집에서 럼주를 몰래 가져왔다. 그리고 정신없이 마셔댔다. 아무것도 느껴지지 않을 때까지.

클럽에 도착하자 파올로와 가보르는 이미 연주를 시작한 후였다. 나는 맨 앞줄에 자리를 잡고 앉았고, 가보르는 연주를 하면서 나를 향해 미소를 지었다. 마치 덫에 걸린 것 같은 기분이 들어 그가 미워졌다. 어떻게 자기를 위해 춤을 추어달라고 요구할 수가 있는가?

나는 인사불성이 될 정도로 취해서 손가락 하나 까딱할 수가 없었다. 눈에서는 눈물이 솟구쳤다. 가보르는 자신의 음악으로 그런 나의 감정 변화를 함께 따라가 주었다. 그의 바이올린이

나 대신 말을 하고 있다는 착각이 들었다. 가보르의 바이올린이 내 생각과 감정을 지배하고 명령하고 있었다. 나는 영혼을 빼앗긴 꼭두각시일 뿐이었다.

나는 그 자리에서 도망쳤다.

부모님 집으로 달려가서는 현관문 앞에서 구토를 했다. 그리고 통나무처럼 잠을 잤다.

모든 게 엉망이 되고 말았다.

모든 게 달라진 것은 그들이 부르주에서 연주했을 때였다. 나는 혼자 히치하이크를 해서 콘서트가 시작되기 전에 그곳에 도착했다. 한 카페의 테라스에 앉아 무대에 오를 시간을 기다리고 있는 그들이 보였다. 가보르는 나를 향해 미소 지으며 내게 그쪽으로 와서 함께 앉을 것을 권했다. 그는 다정하고 부드러우며 감동적인 남자였다.

"안녕, 술을 아주 많이 마시던 아름다운 아가씨. 이렇게 다시 만나다니 정말 반갑군요. 어떻게 그렇게 점점 더 아름다워질 수가 있죠? 오늘 저녁에는 아무것도 요구하지 않을게요, 약속해요. 당신이 새장의 새처럼 멀리 달아나버릴까 봐 겁나거든요. 난 당신이 내 곁에 있어주면 좋겠어요. 여기 앉아서 우리하고

술 한잔 같이할 수 있어요?"

그의 억양은 매력적이었다. 그의 프랑스어는 마치 동화 속에서 튀어나온 듯 옛날 말처럼 들렸다.

나는 그와 사랑에 빠졌고, 그 역시 그랬다.

그날 저녁, 그 조그만 클럽에서, 한창 공연을 하던 중에 가보르가 내게 무대 위로 올라오라는 신호를 보냈다. 나는 그를 위해, 그와 함께 춤을 추었고, 그의 인형이 되고 싶었다. 나는 맨발에 청바지를 입고 상반신은 알몸으로 춤을 추었다. 가보르는 행복해 보였고, 파올로는 즐거워했다.

옷가지를 챙기러 가는 나를 따라 가보르와 파올로도 집까지 동행했다. 부모님은 그런 나를 보고 절망감을 감추지 못했다. 나는 그분들의 마음을 몹시 아프게 했다.

"가보르하고 파올로가 함께 있어달래요. 나더러 자기들을 위해 춤을 춰달라고 했어요. 난 이제 떠날 거예요, 엄마, 아빠. 오늘은 내 인생 최고의 날이에요! 친구들은 적어도 2년간 순회공연을 떠날 거예요. 틈날 때마다 두 분을 꼭 보러 올게요, 약속해요. 공연을 더 발전시키기 위해서는 내 춤이 꼭 필요하대요. 나를 선택한 거라고요! 정말 멋지지 않아요! 아, 정말 행복해요!"

나는 기쁨을 감추지 못하고 쾌재를 불렀다. 마침내 내게도 행운이 찾아온 것이다!

우리는 완성도 높은 쇼를 보여주기 위해 리허설을 수없이 반복하며 열심히 준비했다. 나는 내 안에서 전혀 기대하지 않았던 잠재력과 예상치 못했던 힘을 발견했다. 나는 증발과 소멸을 다스리기 시작했고, 내 춤을 음악으로 변화시키며, 두 음악가의 음악을 듣고 바로 그다음에 어떤 것이 나올지를 예측하기 시작했다.

내가 벌거벗었다는 사실은 더 이상 중요하지 않았다. 심지어 내 알몸은 존재하지도 않는 것 같았다. 내 육체는 마치 연기처럼 사라져버리는 정신으로 변화했다.

나는 가보르를 사랑했고, 가보르 역시 나를 사랑했다.

나는 치유되고 정화된 채 공연을 마쳤다.

우리가 만난 지 1년쯤 지나자 공연은 '사랑의 카바레'라는 이름으로 불리게 되었다. 그리고 우리는 스트리퍼 댄서들인 피에르와 피에르를 만났다.

공연은 가는 곳마다 대성공을 거두었다. 우리는 카라반을 구입했다. 외관이 스테인리스로 둥그스름하게 만들어진 차였다.

우리는 1년 내내 그 속에서 지내면서 거기서 아이들을 키웠다.
파올로는 라이트밴을 한 대 사서 그 속에서 잠을 자면서 우리와
함께 다녔다. 기술팀은 9인승 차에 장비를 싣고 다녔고, 잠은 호
텔에서 잤다.

　나는 수년간 그들과 함께 춤을 추었다. 시간이 흐름에 따라,
그리고 가보르의 바이올린 덕분에 내 몸의 기관들 하나하나를
섬세하게 춤추게 하는 법을 배울 수 있었다.

　파올로와 가보르는 내게 자리를 만들어주었다. 그들을 만나지
않았더라면 삶에서 그 어느 곳에도 내 자리는 없었을 것이다. 이
세상은 내게 어울리지 않는 곳인 것 같다. 그때나 지금이나.
　나는 소멸로 인해 고통받는다.
　통제할 수 없는 발작이 일어날 때마다 내 몸의 윤곽들이 사라
진다. 피부는 더 이상 제 기능을 발휘하지 못하고 내 몸을 감싸
고 있는 껍질도 사라져버리고 없다. 나와 나를 둘러싼 것들 사
이에는 더 이상 아무것도 남아 있지 않다. 나는 수증기이며 물
이다. 더 이상 아무것도 아니다. 온몸에 난 구멍으로부터 땀이
솟아나온다. 땀은 차갑고 냄새가 고약하다. 몸속의 물이 빠져나
간다. 물을 가두어둘 보호막이 없기 때문이다. 배 속 깊은 곳에

서 뜨거운 불길이 치밀어 올라오면서 몸 전체를 태워버릴 듯 위협한다. 마치 가마 속에 들어가 있는 것처럼 온몸이 뜨거워진다. 목덜미가 부르르 떨리더니 이내 뻣뻣해진다. 온몸이 마비되면서 손가락 하나 까딱할 수 없다. 마치 지하 독방에 갇힌 것 같다. 하지만 내 몸의 근육 하나하나는 멀리 달아나, 움직이고, 존재하고 싶어한다. 조금이라도 숨을 쉬려고 할 때마다 질식할 것만 같다. 내 혈관 속에는 더 이상 산소가 남아 있지 않다. 내 몸 깊은 곳에는 무시무시한 용과 치열하게 싸움을 벌이는 듯한 존재 욕구가 아직 남아 있다.

나는 내 팔과 다리를 꼭 붙잡아두고자 한다. 그것들이 내게서 떨어져 나가 통나무처럼 팔다리가 없는 여자가 될까 봐 두렵기 때문이다.

나는 살갗과 손발, 때로는 피까지도 마구 문지른다. 고통을 가함으로써 내 살갗에 보호막과 분리와 장벽의 역할을 상기시키기 위해서다. 나는 문지르고 또 문지른다. 그러면서 영원히 멈출 수 없을 것 같아 두려움이 몰려온다.

발작 상태가 끝없이 이어진다.

움직이는 건 불가능하고, 움직이지 못하는 건 견딜 수가 없다.

그런 내게 가보르는 치유책이자 묘약이었다. 그는 내게로 와서 나를 쓰다듬고 감싸주었다. 나를 사랑한다고 말하면서 언제나 곁에 있겠다고 했다. 그는 내가 스스로를 고통스럽게 하지 못하도록 내 손을 꼭 잡으면서 언제나 함께 있겠노라고 약속했다.

"그만해, 나의 공주님, 그렇게 몸을 문지르는 건 이제 그만해. 내가 여기 있잖아. 언제나 당신과 함께 있을 거야. 내가 당신을 지켜줄 거라고."

그의 몸의 온기가 나를 진정시켜주었다. 그의 부드러운 손길은 나를 다시 제정신으로 돌아오게 했다. 나는 지치고 상처받고 겁에 질린 채 발작 상태에서 깨어났다.

제쥐(Jésus, 프랑스어로 '예수'라는 뜻―옮긴이)를 사산한 후 나는 한 팔을 완전히 잃어버렸고, 내 다리 한 짝이 저 혼자 걸어가는 것을 지켜보았으며, 내 머리는 내 배 속으로 들어갔다.

죽을 만큼 격렬한 발작들이 찾아왔다.

난 지금도 여전히 그 병을 앓고 있다.

5호실에 가기 전에
신생아실 의사의
회진을 거쳐야 한다

　내 품에는 아주 조그만 아이가 안겨 있다. 나는 아이에게 삶에 대한 이야기를 들려주는 중이다. 나는 이런 시간이 참 좋다. 가만히 귀 기울이면 아기들이 응답하는 소리를 들을 수 있기 때문이다. 나는 아기들의 말을 듣는 법을 배웠다. 태어나서 처음으로 세상을 향해 외치는 신생아들의 말을 중단하는 것은 죄악이다. 엄마들이 질문하러 모여드는 '사교장' 역할을 하는 진료실에는 언제나 몹시 힘든 아기를 가진 엄마가 한 사람쯤은 있게 마련이다. 그러면 그들 사이에는 수다가 끝없이 이어진다.

　신생아실 의사의 이름은 밀이다. 그는 늘 불만이 많은 듯 투덜거리면서 회진을 돈다.

"베아트리스, 어째서 1호실 환자의 차트가 보이지 않는 거죠? 1호실 환자 차트를 좀 가져다주겠소? 당장! 어떻게 된 게 제자리에 있는 진료 기록이 하나도 없으니 원! 내가 환자들 차트나 찾으러 다닐 정도로 한가한 줄 아나."

"안녕하세요, 밀 박사님. 어젠 제가 근무한 날이 아니라서요……. 그래서 지금으로선……."

그는 수염에 뒤덮인 입으로 계속 구시렁거린다.

"그래서 차트는, 대체 어떻게 한 거요?"

내 품 안의 조그만 아이가 울음을 터뜨린다. 세상에 나온 지 열여섯 시간이 된 아기다. 나는 대화를 중단해야만 했다. 그리고 차분히 대답한다.

"전 어제 비번이었습니다."

"정말 어이가 없군! 사흘 동안 자리를 비운 사이에 이 난장판이라니!"

닥터 밀은 특별히 나를 두고 말하는 게 아니다. 나는 분홍색 간호사복을 입은 아무나 될 수 있다. 그는 차트를 찾고 있고, 내가 그 자리에 있었을 뿐이다. 내가 하고 있는 일은 그에게는 조금도 중요하지 않다. 그는 요란한 몸짓을 해댄다. 그곳을 지나가는 부모들이 내게 동정하는 눈빛을 보낸다. 수치스러움이 몰려온다.

"차트가 어디 있는지는 모르겠지만 찾아보도록 하겠습니다, 밀 박사님."

"급해요. 서두르란 말이오."

눈물이 왈칵 솟구쳐 오른다. 이런 게 위계질서라는 거겠지. 하지만 내가 할 수 있는 건 아무것도 없다. 나는 여기서는 아직 얼뜬 신참일 뿐이다. 예전 같으면 목숨을 내놓지 않고는 그 누구도 나한테 이런 식으로 말할 수 없었을 것이다.

모두들 불 가장자리에서 춤을 추듯 조심스러워했을 것이다.

하지만 닥터 밀에게는 해당되지 않는 말이다.

난 군말 없이 그의 지시를 따른다.

다시
춤추고
싶다

두 개의 병실 사이에서 불현듯 다시 춤추고 싶다는 욕망이 몸 속에서 치밀어 오른다. 그때의 느낌들이 되살아난다. 우선 가슴 속에 동요가 일기 시작한다. 배 아래쪽을 뻗어본다. 그리고 몸의 기관들을 빨아들인다. 가능한 모든 것을 빨아들인다. 간호사복이 너무 작게 느껴질 정도로 계속 빨아들인다. 이러다 한꺼번에 숨을 내쉬면 셋째 아기 돼지의 돌로 된 집이 산산조각 나고 말 것이다.

나는 아직 이곳 일에 적응이 잘 안 된다. 그래도 5호실을 거를 수는 없다.

5호실의 부인은 질문들로 가득 찬 조그만 수첩을 가지고 있다. 거기에 모든 걸 기록한다.

내가 병실에 도착하자마자 질문이 홍수처럼 쏟아진다.

"하루에 몇 번이나 아기를 씻겨야 하나요?"

"하루에 몇 번이나 젖을 먹여야 해요?"

"한 번에 얼마 동안 먹여야 하죠?"

"아이가 몇 살 때까지 젖을 먹여야 한다고 생각하세요?"

"목욕은 저녁이랑 아침 중 언제 시키는 게 더 좋은가요?"

"아기랑 같이 자야 하나요? 그러다 나쁜 버릇이 들지는 않을까요?"

"아이를 좀 울게 놔둬도 되나요? 얼마나?"

"예방주사를 맞혀야 한다고 생각하세요? 언제 어떤 걸 맞혀야 하죠?"

"아이를 유모에게 맡기는 게 나을까요? 탁아소가 나을까요?"

"제 젖을 짜서 다른 사람에게 맡겨도 될까요? 누구한테 맡기죠?"

"몸에는 어떤 크림을 발라야 하나요?"

"아기가 때로는 아무 이유 없이 울기도 하나요?"

"혹시 배가 아픈 건 아닐까요?"

"아기가 보는 데 아무 문제가 없는 걸까요?"

"아기가 추위하는지 어떻게 알죠?"

"아기가 젖을 먹을 때 머리를 만져도 괜찮은가요?"

"아이를 너무 자주 안아주면 버릇이 없어지진 않을까요?"

"아기가 잠을 잘 자게 하는 방법이 없을까요?"

"아기가 소리에 민감한 편인가요?"

"아기랑 외출해도 되나요? 언제부터 가능한 거죠?"

"아기를 어떻게 감싸줘야 하죠?"

"숄로 둘러줄까요? 아니면 유모차에 태우는 게 나을까요?"

"아빠가 아기 분유를 먹이려고 하는데 어떤 게 좋을까요?"

"아기에게 가짜 젖꼭지를 빨려도 괜찮을까요?"

그러면 나는 각각의 질문에 대답해야 한다. 그동안 아기는 가능한 한 멀찍이 떨어진 곳에 놓인 아기 침대에 눕혀져 있다.

그녀의 말을 듣고 있는 것은 나다.

유니폼을 입은 간호조무사인 내가. 정상적인 사람이 되고 싶어하는, 논리적으로도 당연히 그래야만 하는, 정신 나간 여자인 내가. 그녀는 자신에게 이야기하는 아기의 말을 듣지 않는다. 나는 내 대답이 문제를 해결해줄 거라고 자신 있게 말할 수 없다. 이 갓난아이는 아마도 자기 엄마와 전혀 다른 생각을 하고 있을지 모르니까. 아마도 훗날 그녀는 아이를 생각할 때마다 결코 대답을 듣지 못할 수많은 질문들을 마음속으로 하게 될 것이다. 모성애라는 은하계 속에서 무작정 쏘아 올린 질문들을.

"햄 먹고 싶지 않니? 춥진 않은 거야? 잘 썼은 거야? 엄마를 사랑하지 않니? 행복하니? 엄마가 없으면 보고 싶지 않아? 내가 좋은 엄마인 걸까? 좋은 꿈 꿨어? 겁나진 않니?"

내가 하라는 대로만 한다면 부인은 좋은 엄마가 될 수 있을 것이다.

그렇게 된다면 얼마나 다행한 일이겠는가.

혹시 그녀는 남자와 섹스할 때도 설명서대로 하는 건 아닌지 궁금하다는 생각이 들었다.

하지만 그걸 어찌 알겠는가. 신문을 읽고 있는 그녀의 남편은 그사이 단 한 번도 얼굴을 들지 않았다.

그녀는 자신의 수첩에 깊고 완전한 고독의 리스트를 적어 내려가고 있는 중이다.

나는 피부가 말하는 이야기에 귀 기울인다. 피부는 비밀스러운 이야기를 들려준다. 갓난아기를 품에 안고 눈을 감아보기를. 혹시 아이를 다치게 하지나 않을까 하는 두려움도 잠시 잊기를. 눈을 지그시 감고 피부와 근육들, 살갗의 일렁임을 들어보기를.

당신의 피부가 말하고, 신생아의 피부가 당신에게 대답하게 하기를. 당신은 피부가 연주하는 소나타를 들을 수 있을 것이다.

　나는 아직도 생생하게 기억난다. 쿵쿵거리며 내 아이들의 냄새를 맡고, 몸을 핥고 만지고 피부로 그들을 느꼈던 것을. 나는 아이들 각각의 움직임을 구분할 수 있었고, 내 몸으로 그들을 키웠다. 어쩌면 암컷 늑대처럼 아이들을 잡아먹을 수도 있었으리라. 아이들의 냄새는 나를 미치게 만들었다. 진정으로 아이를 갈구하는 욕망이 나를 사로잡았다. 모성적 관능이었다. 아이들은 내가 섹스를 한 결과로 나의 성기에서 나왔고, 내 젖가슴을 빨며 자라나지 않았는가.

　나는 그녀의 질문들에 대답했다.

　지금 병원이 권하는 것들은 곧 바뀔지도 모른다. 하지만 그런 건 중요하지 않다.

　병원은 언제나 옳고, 모성적 광기로부터 아기들을 잘 보호해 주니까.

오늘 저녁에는
비가
내린다

누군가와 아무 이야기라도 하고 싶다. 하루 종일 이야기하고 도와주고 내내 일에 치이다 보면 오래된 연인에게 하소연이라도 하고 싶다는 생각이 든다. 예전처럼 아직 내게 관심을 가져줄 누군가를 만나고 싶다. 하지만 전화기를 들고 싶은 생각은 없다.

밤이 깊어간다.

비가 내린다.

아래층에 있는 바에서 혼자 맥주를 몇 잔 마셨다. 아이들은 집에 없다. 이미 다 컸으니까. 친구들 집에 간 건지도 모르겠다. 술을 너무 많이 마셨다. 그랬다. 누군가와 얘기하고 싶다. 하지만 아무나하고는 싫다. 아무렇게나도 싫다. 그런데 그런 일은 일어나지 않는다. 나는 빗속을 아주 천천히 걷는다. 그러면서 여전히 기대한다. 내가 보고 싶은 사람은 파올로나 뱅상⋯⋯ 아니면 멜로디이다.

내게는 살아오는 동안 언제나 친구들이 있었다. 그리고 그 우정들은 서서히 빛이 바랬다. 친구들에게도 각자의 삶과 연인, 아이들이 있으니까.

비가 내린다. 일부러 걸음을 늦추면서 빗방울 하나하나를 음미하고, 이 빗방울이 내가 살아 있다는 증거라고 되뇌어본다. 하지만 나는 여전히 혼자다.

나는 오늘 수많은 사람들을 만났다. 오늘 나는 이런 말들을 했다. 네, 아니요, 물론이죠, 곧 해드릴게요, 제가 알아서 할게요, 제가 도와드릴게요, 곧 괜찮아질 거예요, 걱정하지 마세요, 괜찮을 거예요, 아무 문제 없어요, 제가 있잖아요.

열두 시간 동안.

그리고 여기 이렇게 있다.

완전히 혼자가 된 채로.

비를 맞으며.

가보르의 품이 그립다. 또다시 사랑에 빠지고 싶다. 지금까지 나는 그 말고 다른 사람을 사랑한 적이 없다.

가보르는 무척 특이한 구석이 있는 남자였다. 때로는 남자, 때로는 여자로 보이도록 빚어진 얼굴 같았다. 그는 보는 각도와 시선에 따라 성별이 달라 보였다.

그의 겉모습은 보는 사람을 당혹스럽게 할 정도로 특이했다. 가보르는 키가 크고 마른 체격이었다. 아주 마른 몸매였다. 그렇게 가늘고 긴 몸이 서 있다는 사실은 기적에 가까웠다. 게다가 그의 여성성이 그를 더욱더 특별해 보이게 했다. 가보르의 손은 가느다랗고 섬세하게 생겼고, 바이올린을 연주하는 손가락 끝은 다소 뭉툭하고 단단해져 있었다. 그의 감정은 언제나 손가락 끝을 통해서 전달되었다. 그래서 그의 손가락이 내 몸에 닿을 때마다 몸에 전기가 통하는 것 같았다. 나는 그의 손가락 끝과 사랑에 빠졌다. 그의 손가락 끝은 소리를 내면서 내 몸 안을 휘저었다.

당신도 언젠가 바이올린 연주자와 가까이하게 된다면 내 말이 무슨 말인지 이해할 수 있을 것이다.

가보르는 구동독의 포츠담 출신이었다. 그는 러시아 학교에서 바이올린을 배웠다. 매일같이 바이올린을 연습했다.

그리고 청년의 분노가 치밀어 오르면서 가보르는 병역의무를 거부했다. 그는 싫다고 했다. 그의 무기는 바이올린이었다. 그는 무법자처럼 도망쳤다. 머지않아 베를린장벽이 무너져 내려 자유로운 몸이 될 것임을 알고 있었다.

그를 맞아준 것은 집시들이었다. 그의 말대로, 그들은 '진정한 가족'이었다. 그의 바이올린도 그들로 인해 변화를 겪었다. 저녁 무렵 집시들 사이에서 울려 퍼지는 바이올린 소리를 상상해보기를.

그 후 베를린장벽이 무너지고 펑크 록과 얼터너티브 록이 유행하자 그는 그런 것들을 '사기'라고 불렀다.

가보르의 몸에는 흉터와 문신이 가득했다. 마치 어딘가에 몸을 마구 부딪히거나 절벽에서 떨어지기라도 한 것 같았다.

나는 온통 깨지고 부러진 가보르의 몸을 꼭 안아주는 것을 좋아했다. 그러면 그는 머리를 내 가슴에 기대었다. 그는 다정하고 부드럽고 섬세한 남자였다.

그리고 그는 진정한 남자가 되어갔다.

지금도 그 생각을 하면 전율이 느껴지곤 한다.

가보르는 훌륭한 요리사였다. 그는 나를 위해 근사한 식사를 차려내곤 했다. 섬세함과 너그러움이 충만한 배려와 함께 식사를 준비했다. 우리는 고기를 먹지 않았다. 하지만 그는 야채로 훌륭한 요리를 만들어냈고, 우리가 가는 곳 어디서든 가장 좋은 것들을 찾아내서 귀한 보석들로 변화시켰다.

가보르는 내게 다이아몬드와 루비, 비취로 만든 음식들을 먹게 했다.

그는 또한 엉뚱한 유머에 능했다. 아마도 오래전부터 어디로 향하는지 모르는 배를 타고 항해를 했기 때문일 것이다. 그는 우스꽝스럽고 예측 불가한 매력적인 농담들을 자유자재로 구사했다.

어느 날, 도로를 달리던 중에 가보르가 우리 카라반에 무전여행을 하던 남자를 태운 적이 있다. 나는 운전을 했다. 가보르는 그에게 말을 붙이는 대신 바이올린을 연주하면서 춤을 추었다. 바이올린을 연주하면서 우스꽝스러운 고전 무용수처럼 아라베스크 동작과 발끝으로 서는 자세 그리고 한쪽 발로 반원을 그리는 동작을 차례로 취했다. 나는 뒷거울로 그를 훔쳐보았다. 그는 몹시 즐거워했고, 남자는 당황한 표정을 지었다. 남자는 자기 주위를 빙글빙글 도는 가보르를 쳐다보지 않으려고 애썼다.

얼마간 시간이 지나자 가보르는 연극배우 같은 절과 억지스러운 행동으로 그에게 자신과 함께 한쪽 발로 반원을 그리는 동작을 취하도록 권했다. 그러자 두 남자는 거대하고 서툴고 기괴한 프리마돈나처럼 함께 춤을 추기 시작했다.

나는 가보르에게 다음번 주유소에서 멈춰야 한다고 알렸다. 차가 멈추자 나의 두 프리마돈나는 바이올린 소리에 맞춰 차에서 내렸다. 그들은 마주치는 사람들 모두를 춤추게 하려고 했다. 그러다 나와 눈이 마주친 가보르는 나를 웃게 했다. 그가 무전여행객을 볼모로 벌인 프리마돈나 공연은 완벽했다. 그렇게 재미있는 놀이판을 절대 놓칠 리 없는 피에르와 피에르는 그들과 합류해서 흥미로운 익살극을 연출했다.

나는 주유소에서 그들의 공연이 끝날 때까지 한 시간은 족히 기다려야 했다. 가보르와 내 작은 극단은 오페라 극장의 공연처럼 그곳에 있던 가족들의 아버지들과 오토바이 운전자들, 멋쟁이 부인들과 아이들을 모두 함께 춤추게 했다. 나는 그들을 지켜보며 어찌나 웃었던지 눈물이 날 지경이었다.

가보르가 보고 싶다.

하지만 이제 나는 집으로 돌아가야 한다. 이제 다시는 가보르를 볼 수 없을 것이기 때문이다.

가보르는 나를 버렸고, 나는 가보르를 배신했다.

내 몸은 더 이상 춤을 추지 않는다.

내 사랑은 창문으로 날아가 버렸다. 그는 내 날개를 자신과 함께 가져갔다.

나는 금방이라도 쓰러질 듯이 자리에 꼼짝 않고 서 있다.

6호실

이곳에는 대개 위급한 제왕절개 수술을 받은 산모가 입원해 있다. 배가 갈라진 여인. 외과 의사는 그녀의 배를 가를 때 그녀의 영혼도 함께 갈라놓는다. 하지만 의사들은 자신들이 무엇을 갈라놓는지 알지 못한다. 그들이 배운 건 살과 피부, 자궁, 근육뿐이다.

그들은 영혼에 대해서는 배우지 못했다.

그들은 자신들이 무엇을 하는지 알지 못한다. 배를 봉합한 여인을 다시 병실로 옮겨놓는 것으로 그녀가 다시 온전해진다고 생각한다.

수술은 잘 끝났고, 흉터도 잘 아물었으며, 아이도 아무런 문제가 없다. 하지만 그들이 쪼개져 버린 영혼을 치유해주지는 못한다. 침대 위의 육체는 텅 비어버린 채 영혼의 조각들이 이리저리 떠돌아다닌다. 내가 밟고 다니는 바닥에도, 목욕탕에도, 오줌관에도, 소변 주머니에도, 진통제 주사에도, 고약한 숨결속에도, 베타딘액(외피용 살균 소독제―옮긴이) 속에도, 피가 잔뜩 묻은 시트에도, 아기의 요람 속에도 잘려진 영혼이 있다.

나는 너무나도 끔찍한 광경과 마주해야만 한다. 마치 권총으로 자살한 사람들의 조각난 뇌처럼 영혼의 파편들이 벽에 덕지덕지 붙어 있다. 여인은 공허한 시선으로 나를 바라본다. 그녀의 남편은 흡사 자동차 사고라도 당한 것 같은 얼굴을 하고 있다.

"정말 무서웠어요⋯⋯. 아기 심장 소리가 들리지 않았거든요. 의료팀 전체가 나한테로 달려들었어요. 수술이 시작되었을 때 난 모든 걸 느낄 수 있었어요. 하지만 아무도 내 말을 듣지 않았죠. 아무도 나한테 말을 걸지 않았어요. 내 배를 만지는 손길이 느껴졌지만 아기 울음소리는 들리지 않았어요. 그런데 윙윙거리는 기계 소리와 마취과 의사가 투덜거리는 소리가 들렸어요. 생각보다 마취 시간이 길어졌던 것 같아요. 누군가가 욕하는 소리도 들려왔어요. 나한테 무슨 문제가 있었던 거예요. 사람들이 내게 아기를 보여줬을 때 나는 아기를 똑바로 바라볼 수 없었어요. 아기가 죽은 줄 알았거든요. 그리고 이젠 아기를 똑바로 쳐다볼 용기가 나지 않아요. 아기가 태어나는 순간 고개를 돌렸잖아요. 엄마인 내가 말예요."

흐느낌이 쓰나미처럼 터져 나왔다.

"아기가 죽었다고 해도 난 그 사실을 감당해야만 했어요. 내 아이를 똑바로 바라봤어야만 했다고요. 그런데 나는 비겁하고 역겨웠어요. 죽은 아이를 보고 싶지 않았던 거예요. 아시겠어요? 내 아이한테 눈길조차 주지 않았다고요. 난 무서웠어요. 아기 심장 뛰는 소리가 들리지 않았거든요. 그런데 아기는 살아서 여기 있잖아요. 난 끊임없이 나 자신을 자책해요. 아기도 미워요. 아이가 살아 있다는 걸 믿을 수가 없어요. 내 아기가 그렇게 태어났다는 사실이, 나 때문에 고통받았다는 사실이 날 고통스럽게 해요. 난 엄마 자격이 없어요. 가장 중요한 순간에 아기를 내팽개친 거라고요. 난 아기를 자연분만 하지도 못했어요. 우리 가족 중에서 제왕절개로 아이를 낳은 여자는 나밖에 없다고요. 모든 게 엉망이에요. 아기를 정상적으로 낳지도 못했고, 도와주지도 못했어요. 그런데 어떻게 아이를 똑바로 쳐다볼 수 있겠어요."

그녀의 옆에서는 남편이 말없이 울고 있다. 그의 뺨 위로 눈물이 흘러내린다. 그는 귀여운 사내아이의 아빠가 되었다. 하지만 그는 자신이 사랑하는 여자의 영혼을 다시 붙여놓을 수 없을 거라는 걸 잘 알고 있다. 그녀는 그의 눈앞에서 갈기갈기 찢겼던 것이다.

그는 모든 광경을 지켜보았다.

그의 사랑 한가운데에서 핵폭탄이 터져버렸다. 그런데 사람들이 그에게 하는 말은 고작 '다 잘될 겁니다, 아버님'이 전부였다.

아기는 잠들어 있다.

아기의 손은 아직 무중력상태에 놓여 있다. 아주 느릿하게 움직이는 손가락들이 아직 양수처럼 느껴질 공기를 부드럽게 어루만진다. 눈은 여전히 감고 있다. 아마도 한참이 지나야 눈을 뜨게 될 것이다. 아기는 엄마의 목소리를 알아듣는다. 그러면서 무슨 생각을 할까.

아이는 버림받았다고 생각하면서 그대로 죽을까 봐 두려웠을 것이다. 자신도 엄마의 절망감을 알아차렸던 것일까? 엄마의 따뜻한 배 속에서 자신을 끄집어내던 거친 손길을 느꼈을까? 아이는 다른 방식으로 태어날 것을 예상하고 서서히 아래로 내려오던 중이었다. 그러다 자신에게 무슨 일이 일어났는지 알았을까? 아니면 자신의 목숨을 구해준 의사에게 감사하는 마음을 가졌을까? 엄마 아빠를 안심시켜야겠다는 생각을 했을까? 어쩌면 자신이 살아났다는 사실을 알지 못하는 건 아닐까? 아이가 이 세상에 와서 가장 먼저 느낀 감정이 두려움은 아니었을까?

지금 아기는 잠들어 있다. 그것뿐이다.

엄마는 넋두리를 끝없이 이어간다.

"오늘 밤 누가 나 대신 아기를 좀 봐줄 수 없을까요? 난 지칠 대로 지쳤어요. 처음 진통이 시작된 지 벌써 만 하루가 넘었어요. 적어도 열 시간은 엄청난 진통에 시달렸고요. 내겐 아기를 돌볼 힘이 남아 있지 않아요. 제발 누가 아이를 데려가 줬으면 좋겠어요. 신생아실에 인큐베이터가 있지 않나요? 난…… 난 정말……."

그녀는 나와 시선이 마주치는 것을 피한다.

"시간이 필요해요, 이 모든 걸 받아들이려면……. 아기를 용서하지 못할까 봐 두려워요……. 제발 도와주세요……."

그녀의 몸이 어떤 상태인지 이해하려면 몽둥이로 흠씬 두들겨 맞은 것을 상상해보기를. 온몸을. 한참 동안. 아주 세게.

병실에서 나오자 내 손에 그녀의 조각난 영혼의 파편들이 붙어 있었다. 집으로 돌아가면 내 머리에서도 발견될 것이다. 찢긴 영혼은 시도 때도 없이 누구에게나 달라붙는다.

그래서 병실 문을 꼭꼭 잘 닫아두어야 한다. 밖으로 새어나오지 못하도록.

그녀가 떠나면 청소부들은 병실을 깨끗이 청소할 것이다. 몇 몇 조각들은 병원 쓰레기통에서 생을 마감하게 될 것이다. 아마도 유독성 폐기물이 버려진 칸에서.

그리고 또 다른 산모가 병실을 차지하게 될 것이다.

그녀 역시 똑같은 말들과 똑같은 고통을 반복하게 될 것이다.

물론 어떤 산모들은 모든 메스의 공격을 견딜 수 있는 강철 같은 영혼을 지니고 있기도 하다. 그런 이들도 분명히 있다. 하지만 아주 드물다. 삶은 가혹하며 영혼을 약하게 만들기 때문이다. 언젠가 한 산모가 내게 했던 말이 기억난다.

"정말 재밌었어요! 마치 살갗의 단추를 끄르는 것 같았어요. 아주 섹시하더라고요."

그녀는 아름다운 미소와 아름다운 육체를 지니고 있었다. 그녀에게는 막대기 같은 기구가 비단으로 여겨지고, 메스는 부드럽고 따뜻하며, 그녀의 몸을 만지는 손은 구원의 손길과도 같았다.

"난 전혀 겁나지 않았어요. 의료팀과 내 아기를 믿었거든요."

그렇다. 강철 같은 영혼도 존재한다.

어떻게 하면 강철 같은 영혼을 지닐 수 있을까? 그건 나도 모른다. 그런 산모의 아기는 어떤 재질로 만들어졌을까? 두려움을 모르는 사람들은 어떻게 살아갈까?

　내 영혼의 옷을 벗어버리고, 강철 같았던 영혼을 관객들한테 던져 보냈던 시절의 광경이 눈앞에 떠오른다.

나는
현대식 카바레에서
춤추던 시절의 삶을
사랑했다

내가 지나는 길에 만난 사람들은 모두가 모호한 삶을 살고 있었다. 어쩌면 우리처럼 카라반에서 지내면서 삶 전부를 음악이나 춤에 바치는 사람들은 요람에서부터 요란한 과정을 거쳐왔을지도 모르겠다. 우리는 도망자임이 틀림없었다. 우리는 웃고 싶었고, 그런 가운데서 우리로 하여금 조금씩 죽어가지 않게 해주는 안식처를 발견할 수 있었다. '서서히 꺼져가기보다 한 번에 뜨겁게 타오를 수 있는 삶이기를!' 그것은 가보르의 좌우명이었다.

단순해 보였을지 모르지만, 우리는 분명 행복했다.

프랑스의 조그만 지방 도시. 공연을 마치고 돌아오는 길이다. 이번에는 호텔에서 자기로 돼 있다. 차 두 대가 앞뒤에서 나란히 달린다. 우리는 새 친구들과, 우리보다 먼저 공연한 그룹의 몇 사람을 우리 차에 태웠다.

빨간 신호등에 멈출 때마다 모두들 차에서 내려 미친 듯이 춤을 춘다. 큰 소리로 외치면서. 그리고 신호등이 녹색으로 바뀌면 다시 차에 올라탄다. 그러다 우리는 길을 잃고 두 시간 넘게 예의 놀이를 이어간다. 두 대의 차는 빨간 신호등에서 나란히 설 수 있도록 속도를 늦춘다. 그리고 광기에 사로잡힌 무리를 거리에 투하한다. 벌거벗거나 분장을 하고, 때로는 스카치테이프(조명 담당 기사 '개퍼'의 진짜 스카치테이프)로 서로의 몸을 붙이기까지 한 사람들이다. 그들은 빨간 신호등의 토템 앞에서 신들린 듯 춤을 춘다.

내 주위의 그 누구도 명확해 보이는 사람은 없다. 아무도. 적어도 그것만은 분명하다. 그리고 기이함은 더 이상 기이하지 않다.

가보르는 당시 얼터너티브 문화의 메카였던 베를린의 코브에서 피에르와 피에르를 처음 보았다. 두 남자는 여자 옷을 입고 있었다. 똑같은 의상, 똑같은 검은색 깃털 장식, 똑같은 커다란 가죽 부츠, 똑같은 은빛 스팽글 장식이 달린 브래지어. 그들은 바우하우스의 노래 「벨라 루고시 이즈 데드Bela Lugosi is dead」에 맞추어 춤을 추었다. 검은색이 혼란스럽게 움직였다. 그들은 매혹적이었다. 두 사람의 춤은 완벽한 조화를 이루었고, 동작은 정확히 일치했다. 그들의 춤이 시작되고 몇 초 뒤, 나는 어딘가에 거울을 숨겨놓은 건 아닌지 두리번거렸다. 두 사람이 어떻게 그렇게까지 똑같이 움직일 수 있을까? 그것은 너무나 비인간적인, 불가능에 가까운 몸짓이었다.

피에르와 피에르는 똑같은 영혼을 함께 나누고 있었다. 그게 그들의 비결이었다.

우리는 그들을 만나고자 애썼고, 가보르는 그들을 우리와 함께 데려가고 싶어했다. 그리고 그렇게 되었다. 그 후, 그들의 갑작스러운 죽음은 우리를 죽였다. 그 몹쓸 자동차 사고, 그 망할 플라타너스가 모든 것을 앗아가 버린 것이다.

우리는 처음에는 그들을 피에르 르 블뢰와 피에르 르 루즈로 불렀다. 푸른색 촛불과 붉은색 촛불이 각각 그들을 비추고 있었기 때문이었다('블뢰'와 '루즈'는 프랑스어로 '푸른색'과 '붉은색'을 뜻한다―옮긴이). 그들은 브뤼셀 출신이었다.

그 후, 우리는 그들에 관해 얘기할 때면 그들을 이름 대신 르 루즈와 르 블뢰로 지칭했다.

그들을 처음 만났을 때만 해도 신체적으로 두 사람을 구분하는 게 가능했다. 피에르 르 루즈는 전체적으로 봤을 때 좀 더 각이 지고 땅딸한 몸집에 턱이 더 단단해 보였다. 반면, 피에르 르 블뢰는 어린아이처럼 순수해 보이고 유순한 모습이었다. 얼굴이 동그랗고 포동포동한 몸에 몸가짐이 매우 여성적이었다. 하지만 몇 년이 지나자 두 사람 모두 살이 찌면서 거의 같은 모습으로 변했다.

부모님의 이른 죽음과 코카인 중독으로 인해 피에르 르 블뢰는 더 거칠어지고 고약해진 반면, 피에르 르 루즈는 엄마 같은 역할을 담당하면서 이전보다 더 온순해졌다. 그는 피에르 르 블뢰의 냉혹함 앞에서 자신의 강한 성격을 누그러뜨린 것이다.

그리고 마침내 그들이 죽기 직전에는 나와 그룹의 다른 사람들을 제외하고는 둘을 구분할 수 있는 사람이 아무도 없었다. 아무도.

무대 위에서 그들은 정말 굉장한 쇼를 펼쳐 보였다.

그들의 안무는 서로 한 치의 오차도 없이 정확히 일치했다. 의상, 발동작, 화장은 두 사람을 구분할 수 없게 했고, 그들의 반회전 동작은 마치 마술을 보는 것 같은 느낌이 들게 했다. 그들은 서로에게 인간 거울과도 같았다.

그 누구도 누가 누군지 더 이상 알지 못했다.

그들은 마치 한 몸처럼 움직였고, 살찌고 칙칙해져 더 이상 우아하지 않은 그들의 몸은 놀라운 구경거리로 변모했다. 그만큼 그들의 춤은 완벽했다.

하지만 카라반에서 우리끼리 있을 때는 그들이 다투면서 서로 치고받는 소리가 들려왔다. 우리는 그들의 완벽한 안무가 무대만을 위한 것임을 알고 있었다.

피에르 르 블뢰는 병적인 질투심에 사로잡혔고, 피에르 르 루즈는 콘서트가 끝난 후에도 각반을 차고 있기를 좋아했다……. 그런데 콘서트가 끝난 후에는 언제나 무언가를 찾아 부근을 어슬렁거리는 젊은이들이 있게 마련이다.

피에르 르 루즈는 누군가에게 사랑받고 욕망의 대상이 되는 것을 좋아했고, 그곳에서 배회하는 청년들과 기꺼이 섹스를 했다. 그 사실을 알고 있던 피에르 르 블뢰는 점점 더 코카인에 빠져들었다. 그러면서 점차 미쳐갔다.

배신과 코카인이 그를 미치게 했다.

둘이 주먹다짐까지 하면서 너무나 격렬하게 싸우는 바람에 어느 날 저녁에는 그들을 뜯어말려야만 했다.

그들은 스타킹도 벗지 않은 채 얼굴에는 마스카라와 싸구려

분이 흘러내리는 모습으로 사랑한다고 외치며 서로 치고받았다. 이튿날에는 화장으로 그 상처를 감추느라 애를 먹었다.

두 사람은 서로 떼려야 뗄 수 없는 사이였다. 우리와 함께 지낸 6년간 그런 일은 수없이 반복되었다.

피에르 르 루즈는 그와 관계를 하기 위해 찾아온 청년을 받아들였고, 피에르 르 블뢰는 그 사실을 용납할 수 없었다. 그러자 피에르 르 루즈는 피에르 르 블뢰에게 먼저 주먹을 날렸다. 그래서 우리 중 누군가가 개입해야 했다.

그다음 주에는 비교적 조용했다. 그들은 카드놀이를 했고 텔레비전을 보았다. 그리고 마치 아무 일도 없던 것처럼 지냈다. 하지만 그들은 무대에서 쇼를 망치는 적이 결코 없었다.

그들은 미소를 띤 채 완벽한 조화를 이루었다.

오직 그들만의 동질성을 보여주면서.

피에르와 피에르는 자신들만의 세상에 갇혀 있는 부르주아들을 자극하기를 즐겼다.

그들은 대개 유난히 요란한 밤을 꼬박 지새우고 난 뒤에는 부유층이 사는 동네에 기습 공격을 퍼붓곤 했다. 교회 입구에 나타나서는 무대 위에서처럼 그들의 쇼를 시작했다. 하지만 끝날 때는 언제나 나른한 몸짓으로 서로 키스를 하면서 서로의 엉덩이를 어루만졌다. 그러다 수차례 걸음아 날 살려라 하고 도망쳐야 했다. 숙소로 돌아온 그들은 자신들의 행동을 대단히 자랑스러워했다. 그리고 몹시 분개하던 젊은 가톨릭 신자와 한 중년 부인을 기막히게 흉내 내며 자세한 이야기를 들려주었다. 우리는 깔깔거리며 웃었다. 그들은 정말로 이야기를 재미있게 잘했다.

두 사람은 섬세한 레이스로 만들어진 영혼을 함께 나누고 있었다. 물론 구멍이 많다는 것은 인정한다. 하지만 아주 오랫동안 많은 인내와 사랑으로 함께 작업해온 레이스였다! 피에르 르루즈가 두 코를 뜨면, 피에르 르 블뢰도 두 코를 떴다……. 두 사람을 위한 영혼의 식탁보를 위해서.

그 어떤 끈보다 더 서로를 단단하게 이어주는 세심하고 정성스러운 작업이었다.

위대한 예술이었다.

마지막 순간까지.

그들 스스로의 선택이었던 그들의 죽음은 우리에게 견딜 수 없는 아픔으로 다가왔다. 쇼는 그들 없이도, 그들 이전부터 오랫동안 존재해왔다. 우리 모두는 그들을 조금은 광대처럼 여겼다. 매력적이면서도 성가신 광대들.

사실 우리는 그들을 진지하게 생각한 적이 결코 없었다. 그저 어쩌다 우리 팀에 합류하게 된, 감동적이면서도 참아내기 힘든 지저분한 젊은이들 정도로 여겼을 뿐이다.

우리는 그들이 우리 모두를 위한 영혼의 식탁보를 뜨고 있었다는 것을 깨닫지 못했다.

그리고 그들의 죽음과 함께 우리의 삶도 와해될 것이며, 그것이 종말의 시작이라는 것을 알지 못했다. 특히 가보르는 그들과 아주 친밀하게 지냈다. 틈만 나면 그들의 차로 찾아가곤 했다. 그는 그들을 좋아했다. 가보르는 가족을 필요로 했다. 그는 갓난아기처럼 유아적인 신체적 욕구를 느끼면서 그들과 수시로 어울리고 싶어했다.

내 부모님은 두 분 다 초등학교 선생님이었다. 따라서 나는 살아남을 수 있는 '저력'을 갖고 있었다. 세상에 적응하여 어디에서든 내 자리를 찾을 수 있는 힘이 내겐 있었다. 나는 평생을 카라반에서 지낸 게 아니었으니까. 나는 또 다른 삶이 존재한다는 것을 알고 있었다. 날아오르기 위한 날개를 자라나게 해서 세상을 버려야만 했던 피에르와 피에르나 가보르와는 달랐다.

그래서 나는 신생아실 간호조무사가 되기로 했다.

나는
죽었어야만
했다

우리는 스스로를 그런 존재로 생각했다. '서서히 꺼져가기보
다 한 번에 뜨겁게 타오를 수 있는 삶이기를!' 우리에게 미래는
존재하지 않았다. 우린 늙지 않을 것이며, 더구나 아주 늙는다
는 것은 생각조차 하지 않았다. 이렇게 삶이 계속되든지, 멈추
든지 둘 중 하나였다.

알몸으로 춤추기. 알몸으로 춤추기. 알몸으로 춤추기. 그것은
멈추지 않는 꿈이었다.

돈 얘기는 아무도 하지 않았다. 당시에는 돈 문제를 관리하는
기술팀이 있었다. 우리는 그런 세속적인 문제에는 신경 쓰지 않
았다. 우리는 오로지 춤만 췄다. 그러면서 돈을 벌었고, 심지어

그런 조건에서 아이까지 만들었다.

영광의 절정에서 젊은 나이로 죽기, 자신이 늙는 것을 보지 않기, 지옥 속으로 떨어지는 끔찍한 경험을 결코 하지 않기. 그리고 자기소개서, '1990~2003년, 스트리퍼'라고 적힌 이력서.

언더그라운드적인 삶의 어두운 이면이다.

친구들은 내게 더 이상 말을 걸지 않는다. 나를 성가시고 짜증스럽고 겁나는 존재로 여기기 때문이다. 그들은 내게 아연한 질문을 한다. 왜 더 이상 벌거벗고 춤추지 않니?

나는 동정과 경멸이 뒤섞인 눈빛으로 미소를 짓는 이들에게 아무것도 후회하지 않는다고 말한다. 물론 보드카에 흠뻑 취해 엉망이 되었던 숱한 밤들에 관한 이야기는 하지 않는다. 내게 아무것도 묻지 않았던 한 예술가에게 사랑과 질투심을 동시에 고백했던 일도 얘기하지 않는다.

어쩌면 나는 로큰롤 기념 잡지쯤에 나왔어야 하는 게 아닐까. 그런지 룩을 가장 잘 표현하는 근사한 엉덩이와 등의 사진을 찍어서. 그랬다면 2호실의 부인을 만나는 일도 결코 없었을 것이다. 갑옷이 필요할 때 벌거벗고 춤추는 일도 없었을 것이다. 내가 있었어야 할 자리는 무덤 속이다.

하지만 난 죽고 싶지 않았다.

그리고 아이들이 생겼다.

두 아이. 어쨌거나 살아 있는 두 아이가.

나는 가운데 아이를 잃었다. 길모퉁이에서 잃은 게 아니었다. 어떤 곳에서 어쩌다 잃어버린 게 아니었다. 아이는 죽었다. 영영 떠나버린 것이다. 카라반에서 너무 빨리 태어났기 때문이었다. 우리는 밤중에 페르라셰즈 묘지공원의 한 귀퉁이에다 아이를 몰래 묻었다. 영원을 위해 저지른 약간의 불법이었다. 사내아이였다. 우리는 그를 제쥐라고 불렀다. 내 배 속에서 나왔을 때 꽤나 못생긴 아이였다.

내게 살고 싶다는 욕구를 불어넣어 준 것은 살아 있는 아이들이었다.

밤마다 커다란 티셔츠 차림으로 자기들의 작은 침대에서 내 침대까지 아장아장 걸어오는 이 조그만 아이들을 어떻게 포기할 수 있단 말인가? 내게 순수한 행복을 안겨줄 조그만 아이들. 엄마의 양옆에서 몸을 꼭 붙인 채 잠드는, 한없이 따뜻하고 부드러운 어린 육체들. 지금까지 내 몸이 누군가를 이토록 잘 알았던 적은 한 번도 없었다. 내 몸과 아이들의 몸은 똑같이 닮아 있었다. 내 품속의 작은 두 아이는 내게 크나큰 행복감을 안겨주었다. 통통한 장딴지, 곱슬곱슬한 머리카락, 내 젖을 올라오게 만드는 다소 시큼한 땀 냄새. 아이들은 아주 한참 동안 그들이 원하는 만큼 젖을 빨았다. 아주 늦게까지. 그 누구도 내게서 그 순간을 앗아갈 수 없었다. 그 완벽한 순간에 나는 세상에서 가장 중요한 사람이었다. 나는 그 때문에 사는 것을 택했다.

만약 메릴린이 유산을 계속하지 않았더라면 죽지 않았을 것이다. 메릴린과 나는 닮은 데가 많다. 그건 분명하다.

그녀를 떠올리며 그녀에게 엄마로서의 내 행복을 나눠주고 싶을 때가 얼마나 많았던가?

"자, 이 아이는 당신 거예요. 당신에게 잠시 빌려줄게요. 노르마 마리아 로즈가 로메오 파레스에게 처음으로 동화책을 읽어주었어요. 이 행복도 느껴보길 바라요. 당신 무덤에 행복을 보내요."

나는 아주 어릴 적부터 내게서 눈물을 자아냈던 그녀의 상처를 어루만져주고 싶다.

나는 언제나 죽은 이들과 영혼들을 만나왔다. 나는 꿈과 현실 사이의 차이점을 잘 구분하지 못했다. 사람들이 땅 위를 걷는 세상에서는 결코 일어날 수 없는 일들을 경험하곤 했다. 하지만 그 누구도 내게서 그런 것들을 앗아가지 못했다.

나는 벌거벗은 몸으로 살아간다, 당신들처럼.

어쩌면 그건 근심거리일지도 모른다. 그렇다.

나는 사람들이 내게 권하는 삶에는 어울리지 않는다. 어쩌면 그래서 내가 한 일들을 한 것인지도 모르겠다. 하지만 나는 그 누구에게도 해를 입힐 의도가 없었다. 정말이다.

때로 어떤 기억들이 떠오르면, 그것들이 실제로 일어난 일인지 아니면 내가 꿈을 꾼 건지 도무지 분간이 가지 않는다.

피에르 르 블뢰가 정말로 나를 보러 와서 작별 인사를 했는지, 그가 내게 했던 말이 정말 그가 한 말이었는지 잘 모르겠다.

"당신은 가보르가 당신 없이 살 수 있을 거라고 생각해? 나 없이는 살 수 있을 것 같아? 당신은 가보르를 그 무엇보다 많이 사랑한다고 생각해?"

정말 잘 모르겠다. 내가 그의 질문에 답을 했는지도. 어쩌면 내가 잠들어 있을 때 그가 찾아왔던 것은 아닐까.

7호실은
아무 문제가 없다,
그건 분명하다

그녀는 아주 젊고 예쁘며, 곱슬곱슬하고 긴 머리에 구릿빛 피부와 환하게 웃는 평온한 미소가 인상적인 여성이다. 그녀는 갈라지는 것을 방지하기 위해 젖가슴 끝에 조개를 붙여놓았다. 사프란 빛깔의 통이 너른 실크 바지를 입고, 발톱을 잘 다듬어 금빛으로 칠했다. 병실에는 부드러운 빛을 내뿜는 토끼 모양의 등을 가져다 놓았고, 창가에는 실크로 된 푸크시아 꽃을 매달아 방에 근사한 조명을 선사했다.

마치 하루 종일 노을이 지는 것 같았다.

그녀의 딸은 정말 사랑스럽다. 아기의 옷도 너무나 앙증맞고 치수가 꼭 맞았다. 아기는 양가죽 위에서 잠을 잔다. 부인은 허

브차를 마시는데, 그 때문에 방에서는 식물과 과일 향기가 풍긴다. 그녀는 움직일 때마다 귀여운 소리가 나는 팔찌를 차고 있다. 그녀의 배는 불룩하게 튀어나왔지만 단단하고 감동적이다.

배에는 줄무늬도 전혀 보이지 않는다.

그녀는 자기 집에서 알록달록한 색깔의 커다란 쿠션을 가져다 놓았다.

그리고 그녀의 남자도 함께 있다.

그는 윗도리를 드러내고 소파에 앉아 있다. 팔에는 온통 알록달록한 색으로 문신이 새겨져 있고, 머리칼은 기다랗고 아름다운 갈색이다. 나는 얼굴이 화끈거린다. 솔직히 그렇다. 내 집에는 이제 남자가 없다. 그리고 저런 남자가 내 이상형이다.

그녀는 순산을 했다. 절개도 얼마 하지 않아서 고통도 거의 느끼지 않았다.

그녀 자신도 그 사실에 매우 기뻐하고 있다. 게다가 그들은 톰 웨이츠의 노래를 함께 듣고 있다. 나도 그들과 함께 이곳에 머물 수 있다면! 그래서 노래를 마저 들을 수 있다면 얼마나 좋을까.

"저기 미안한데요." 그녀가 내게 다정하게 말을 걸어온다. "의료팀에게 좀 뜸하게 방문해달라고 요청할 수 없을까요? 그렇게 꼭 다들 한꺼번에 와야만 하나요? 난 정말 아무런 문제가 없거든요. 단지 조용히 쉬는 게 필요할 뿐이에요. 식사며 청소,

진료 때문에 누군가가 끊임없이 드나드는 건 정말 피곤하네요. 그리고 식사도 남편이 가져온 것을 먹으면 되고요. 그러니까 문앞에 방해하지 말라는 메모를 붙여놓을 수 없을까요?"

"물론 가능합니다, 부인. '방해하지 마세요'라는 알림판이 있거든요. 그걸 문손잡이에 걸어놓으시면 됩니다. 그런 다음 어떻게 할지 필요한 조치를 취하면 되고요. 병실이 많기 때문에 모든 요구사항을 다 들어드리는 게 쉽지 않거든요."

"그럼 동료분들에게 얘기해주실 수 있나요?"

"네, 그럴게요."

"고마워요."

"당연히 해야 할 일인걸요. 그런데 아기가 언제 젖을 먹었는지, 혹시 그사이 기저귀를 갈았는지 말씀해주실 수 있나요?"

"그럼요, 오늘 아침부터 적어도 여섯 번은 젖을 빨았을 거예요. 그런데 횟수를 적어놓진 않았는데 혹시 문제가 될까요?"

"아뇨, 전혀요."

"그리고 기저귀는 한 번 갈아줬어요."

"변은 많이 누었나요?"

"네, 아주 많이요."

"다행이네요. 그럼 나중에 다시 들를게요, 부인. 필요한 일이 있으시면 언제라도 불러주세요."

"그럼요, 물론이죠. 좋은 하루 보내세요."

"고맙습니다, 부인도요."

언제나 이런 식이라면 일하기가 훨씬 쉬웠을 것이다. 나로서는 특별히 할 일이 없었을 테니까.

그런데 사람들은 곧 우리를 필요로 하지 않는 이들에 대한 원망을 쏟아놓게 된다.

휴게실에서는 이런 얘기가 오간다.

"참 나, 기막혀서! 그 여잔 자기가 호텔에 와 있는 줄 아는 거야 뭐야? 자기가 무슨 유명인이라도 되는 줄 아나 보지? 글쎄 무슨 일이 있었는지 알아? 오늘 아침에 문 앞에 식사를 내다 놓았더라고! 정말 어이없지 않아? 여기 계신 동안 룸서비스를 받지 않겠다, 그건가?"

"난 그 여자한테 시트로 창문을 가려놓는 건 불법이라고 말하고 싶어. 소방관들이 그걸 보면 우리가 질책을 받을 게 분명하잖아!"

"그 여자 남편은 또 어떻고. 다음에 볼 때는 티셔츠를 입으라고 꼭 말해줄 거야. 내가 뭐 짬짬이 그 남자 문신이나 흘끗거리려고 그 방에 드나드는 게 아니잖아. 난 일을 하는 거라고."

"그런 여자들을 떠받드는 남자들이 얼마나 많은지 정말 기막
혀. 그래서 자기들이 진짜 공주인 줄 안다니까. 여기서 일하다
보면 그런 여자들을 종종 보게 될 거야. 그런데 뭐 하는 사람들
이래?"

　"남자는 감독이고, 여자는 배우라나 봐."

　"아주 전형적인 사람들이군. 그러면서 비용은 몽땅 의료보험
처리를 하겠지! 내가 그랬지? 아주 얍삽한 사람들이라니까."

　그들은 아름답고 행복했다. 그들에게서는 향기로운 냄새가
풍겼다.

　우리 모두는 그들을 부러워했다.

　반나절만 지나면 고약한 냄새를 풍기기 시작하는 끔찍한 나
일론 유니폼, 열두 시간씩의 교대 근무, 근무용 슬리퍼 속에서
퉁퉁 부어오른 발, 축 처진 눈가의 다크서클, 액세서리 착용 금
지, 허리를 꽉 죄는 고무줄 때문에 밖으로 비집고 나온 살, 가스
가 찬 배, 초콜릿 억지로 먹기(어쨌거나 고마워요, 부인들), 그
리고 순식간에 먹어 치우는 식사. 나이, 압박 스타킹, 정맥류 그
리고 디스크 복대.

　그리고 무엇보다 쥐꼬리만 한 봉급.

춤을
춘다

　나를 향한 다른 사람들의 시선, 나를 어둠에서 끌어내 주는
이 빛은 언제나 나를 살아 있게 해주는 물과 쌀 같은 것이었다.
　하지만 노르마가 가끔 학교에 갔을 때, 학교 입구에서 아이
를 기다리던 나를 향한 엄마들의 시선 때문에 몹시 불편했던 기
억이 난다. 내 옷, 아이 간식(예를 들면, 닭고기 조각), 내 헤어
스타일, 하이힐, 내 젊음, 모든 것이 문제였고, 나는 그 사실을
충분히 느끼고 있었다. 사람들은 나를 비딱한 눈으로 바라보았
다. 다른 엄마들은 나와는 전혀 달랐다. 우선 그들은 늙고 못생
겼다. 그리고 머리는 내 어머니의 머리를 닮아 있었다. 그들은
굽이 납작한 신발을 신었고, 아이 간식으로는 초콜릿 빵을 가지

고 왔다. 그들의 이마에서는 다음과 같은 사실들을 읽을 수 있었다. 그들의 아이들은 매일 저녁 8시 반에 잠들고, 균형 잡힌 식사를 하며, 감사하는 법과 부탁하는 법을 배우고, 백화점에서 사들인 장난감이 가득한 예쁜 방을 가졌으며, 병원에서 태어났다. 그리고 어쩌면 그들은 아이들의 교육에도 도움을 줄 수 있는 의사 친구들이 있을지도 몰랐다.

나는 카라반에서 바이올린 연주자이자 스타 댄서인 남자와 함께 살고 있었고, 서로 키스를 하는 피에르와 피에르, 문신과 연애 행각을 자랑하는 파올로와 더불어 지냈다. 그리고 내게는 벌거벗은 몸과 젊음이 있었다.

나와 내 아이들은 야생에서 살아가는 사람들이었다. 그런데 갑자기 나는 천박한 스트리퍼이자 가난한 여자가 되어 있었다.

나는 그들에게 속마음을 들키지 않기 위해 당당하게 고개를 들고 바라보았다. 마음이 아팠다.

나도 그네들의 눈에 좋은 엄마로 보이고 싶었다.

임신 8개월 때까지 나는 배 속에 있는 내 작은 노르마와 함께 춤을 추었다. 그건 아무런 문제가 되지 않았다. 내 몸은 활짝 피어나는 동시에 단단했고, 나는 스스로를 무척 아름답다고 느꼈다. 게다가 나는 나 자신이 이 세상에서 가장 여성스럽다고 생각했다. 나는 여왕이었다.

　나는 여러 도시를 다니면서 불규칙적으로 몇몇 검사를 받았다. 검사 결과는 좋았고, 건강 상태도 양호했다. 가보르는 의사들이 하는 말은 아무짝에도 쓸모가 없으며, 예전에는 이런 번거로운 짓거리를 하지 않고도 아이를 잘만 낳았다고 말했다. 오늘날에는 모든 걸 통제하려고 하지만, 우리 삶은 마음대로 통제되는 게 아니라는 말도 덧붙여서. 그는 내가 의사들을 만나는 것을 원치 않았다. 가보르는 아이가 배 속에서 움직이는 게 느껴지면 아이가 살아 있는 것이며, 아무런 문제가 없는 거라고 말했다. 그때 나는 젊었기 때문에 그의 말대로 해도 아무 문제가 없었다. 게다가 의사들은 학교의 엄마들처럼 내게 죄의식을 느끼게 했다. 그들은 경멸적이고 동정적인 눈빛으로 나를 바라보았다. 나는 그 사람들이 정말 싫었다. 그들은 나를 우울하게 했고, 내가 아주 잘못하고 있다는 느낌이 들게 했다.

　"하지만 부인, 그렇게 1년 내내 길에서 지내면서 어떻게 아이들을 제대로 키울 수 있겠어요. 아이들이 제대로 자라려면 어떤 좌표와 포근한 보금자리가 필요한 거라고요. 물론 내가 아이를 키울 것도, 무슨 해명을 할 것도 아니지만요. 그래도 난 내 일은 해야 하니까요."

독일에서 무국적자가 된 가보르는 베를린 부근에 살던 집시 가족과 함께 살게 되었다. 그곳의 한 노파는 그곳 집시 여인들의 출산을 도와주고 있었다. 그는 내게 그렇게 말했다. 사실 대부분의 여자들은 병원에서 아이를 낳았다. 가보르는 그녀에게로 가서 아이를 낳도록 나를 설득했다. 나는 그의 말을 믿고 그렇게 하기로 했다. 그는 그 부인을 엄마처럼 생각한다면서, 그렇게 하는 게 내가 그에게 해줄 수 있는 가장 아름다운 선물이 될 거라고 말했다.

가보르는 그의 진짜 가족과는 더 이상 아무 연락을 하지 않았다.

그룹 전체가 모두 베를린으로 향했다. 카라반 두 대와 파올로의 밴, 기술팀이 함께 이동해서 아이의 탄생을 기다렸다.

집시 노파는 아주 친절했고, 내게 해산에 도움이 될 물약과 음식을 마련해주었다. 그녀는 내 배를 만지면서 미소 지었다. 나는 매일 그녀를 보러 가야 했다.

모든 게 착착 진행되었다.

처음 자궁 수축이 시작되면서 노르마, 마리아, 로즈가 나오려는 것을 알렸을 때 난 카라반 안에서 그녀를 다시 만났다. 노파는 오래전에 그곳에 정착해 베를린 근교에 위치한, 여행자들과 신원이 불분명한 베를린 사람들을 위해 마련된 캠프에서 살고 있었다. 나무로 만든 옛날식 카라반에는 보헤미안 풍의 다양한 색깔들이 칠해져 있었다. 사방에 천들과 쿠션, 부적 같은 것들이 널려 있었다.

그런데 나를 맞는 그녀의 태도가 평소와는 달랐다. 노파는 진지하고 심각하며 어두운 표정을 지었다.

나는 겁이 났다.

그녀는 알고 있었다.

나는 아무것도 알지 못했다. 가보르는 여자들끼리의 일이라며 나를 홀로 남겨두었다.

그 역시 아무것도 알지 못했다.

나는 기이하게 생긴 침대 위에 앉았고, 그녀는 러시아어로 노래를 부르면서 내 등과 배를 문지르기 시작했다. 나는 일종의 무아지경 상태로 빠져들었고, 내 모든 것은 자궁 수축과 노파의 손길 그리고 지루하게 반복되는 가락에 맞춰 그 노래 속으로 모여들었다.

고통은 결코 잊을 수 없는 것이다.

배신감도 마찬가지다.

베개에 눌린 내 몸의 외침, 터져 나갈 것 같은 나의 성기, 그리고 기름을 바르면서, 소리 지르고 노래하며 내 몸을 문지르는 미친 노파.

나는 이 늙은 노파의 손에서 죽나 보다 생각했다. 노파는 정말로 내가 고통받는 걸 지켜보는 데서 쾌감을 느끼는 것 같았다.

어때, 예쁜 부인, 이제 좀 편안하지 않나, 엉? 그녀는 가학적인 눈빛을 띤 작은 눈으로 내게 그렇게 묻는 듯했다. 가보르의 아이를 낳으면서 눈물을 보이다니? 뭐야? 대체 뭐가 그렇게 두려운 거지, 예쁜 부인? 신이 아무것도 하지 않고 팔짱 끼고 보고만 있을 거라고 생각하나? 난 노파가 두려웠다. 그녀의 목소리, 그녀의 노래, 죽어간다고 생각하는 순간에 마치 물에 빠진 사람에게 벌겋게 달구어진 팔을 내밀듯 나를 도우려는 그녀의 방식 그 모든 것이.

이 여인은 내 죄를 얘기했다. 나는 아무것도 잘못한 게 없는데.

이 여인을 나를 벌했다. 그리고 나는 무엇 때문에 그러는지 알지 못했다.

이 여인은 노래하고 어루만지며 고문하는 천 개의 손을 가진 괴물이었다.

노르마가 내 몸 밖으로 나왔을 때 나는 거의 실신한 상태였다. 나는 더 이상 아무것도 느끼지 못했고, 더 이상 아무것도 아니었다. 마녀는 아이를 꺼내기 위해 내 몸속에 손을 집어넣었다. 그리고 고개를 저었다. 마치, 어찌 된 게 요즘 젊은것들은 아이도 제대로 낳을 줄 몰라, 쯧쯧쯧! 하고 말하는 것 같았다. 가보르, 그 잘생긴 가보르가 첫아이를 낳으면서 다 죽어가는 용기 없는 여자에게 아이를 만들어주다니⋯⋯. 아, 그 녀석 아버지가 이 광경을 본다면!

나는 보름간 열병을 앓았다, 죽어가는 이의 열병 같은 것이었다.

나는 죽어가고 있었다, 헛소리를 하면서. 나는 병원으로 가야 했다. 그래야만 했다⋯⋯. 나는 스물두 살이었다.

그리고 나는 가보르라는 남자의 아내였다.

마녀는 내게 수프를 갖다 주었다.

나는 가보르가 몹시 화를 내며 노파에게 나를 병원에 데려가야 한다고 말하는 것을 보고는 깜짝 놀랐다. 그는 내가 죽는 걸 보고만 있을 수 없다고 했다. 노파는 이틀만 더 기다려달라고 하면서 그를 설득했다. 그날, 가보르는 내게 미안하다고 말했다. 앞으로는 절대로 그 노파에게 도움을 청하지 않을 것이며, 나를 병원에 데려갈 거라고 했다. 가보르는 겁을 냈다. 하지만 남자들은 언제나 모든 걸 너무 늦게 깨닫는다.

나는 그가 그런 생각을 진작 하지 않은 것을 죽도록 원망했다.

그리고 음험한 노파의 손에 내 몸을 맡긴 스스로를 죽도록 원망했다.

내가 건강을 회복하는 동안 노르마는 병원에서 아이를 낳은 집시 여인의 젖을 빨았다. 내가 기력을 회복하자 사람들은 내게 노르마를 돌려주었다. 노르마는 내 젖을 빨았다. 내 가슴은 아이를 위해 기꺼이 젖을 내주었고(수유에 관한 여러 사실들을 알게 된 지금 생각하면 그건 있을 수 없는 일이었다), 그때부터 나는 노르마를 결코 떼어놓지 않았다.

잠시도.

아이는 언제나 나한테 바짝 붙어 있었다. 언제나.

노르마는 나처럼 무지하게 출산을 하는 일이 없을 것이다.

그 아이의 여자로서의 삶에 신이 개입하는 일도 결코 없을 것이다.

내 목숨을 걸고 맹세한다.

노르마는 피에르와 피에르, 파올로와 가보르 그리고 카라반에 사는 새 친구들의 열렬한 환영을 받았다. 어떤 사람들은 먹을 것을 가져다주고, 어떤 이들은 아기 옷과 조각된 나무로 만든 조그만 침대와 수가 놓인 오래된 모포—내가 아직도 간직하고 있는—를 갖다 주기도 했다. 때는 여름이었고, 나는 창문들을 모두 활짝 열어놓고 침대에 노르마와 함께 누워 아이를 바라보면서 이야기하고 젖을 물리는 것을 좋아했다. 노르마는 정말 사랑스러운 아이였다. 촛불과 달빛이 우리를 비춰주었다.

가보르는 우리를 위해 바이올린을 연주했다. 엄숙하고 깊은 울림이 느껴지는 소리였다. 행복의 숨결이 감미롭게 내 온몸을 감쌌다.

어느 이른 아침, 내가 잠들었다고 생각한 가보르는 노르마를 품에 안고 속삭였다.

"천국에서 온 작은 새, 장밋빛 입술을 가진 내 꾀꼬리, 사랑스러운 내 딸, 내 사랑. 넌 이 세상에서 가장 아름다운 여자야. 네가 이 세상에서 가장 아름다운 여자라는 걸 너도 알고 있지, 꼬마 공주님? 넌 네 엄마처럼 아름답고 지혜로운 여자가 될 거야. 이히 리베 디히(너를 사랑해), 가냘프고 강한 아가야, 이히 리베 디히."

그가 아기에게 입맞춤하는 소리와 노르마가 가냘프게 웅얼거리는 소리가 들려왔다. 새벽빛이 비치는 안온한 순간이었다. 마치 한 무리의 조명기사들이 수개월 동안 무대를 준비한 것 같았다.

우리는 9월까지 베를린에 머물다가 다시 길을 떠났다.

처음에는 한동안 조용한 시간을 보내다가, 꼭 참석해야만 하는 몇몇 축제 행사를 거쳐 1월부터는 진정한 순회공연에 돌입했다. 공연하는 동안 노르마는 공연 매니저인 피피가 데리고 있었다. 그는 무대 위로 올라와야 할 상황이 생기면(악기의 줄이 끊어지거나 전선이 뽑힌 경우) 노르마를 숄로 감싸 품에 꼭 안은 채 작업을 했다. 피피는 다정다감하고 친절한 청년으로 노르마를 무척이나 예뻐했다. 모두가 나의 공주님을 가족처럼 사랑했다.

　나는 나쁜 엄마가 아니었다. 나는 알몸으로 춤을 추는 여자였다.

그래서
10호실에 가면
언제나 화가 난다

 그곳에서 나는 유령 같은 여자들을 보았다. 여성으로서의 의지를 상실한 여자들, 남자에게 휘둘리고 원치 않는 임신을 감당해야 했던 여자들. 그중에서도 크리스마스 전날, 3년 만에 다섯째 아이를 출산한 한 여성이 생각난다. 그녀는 새로 태어난 아이와 18개월 된 세쌍둥이, 그리고 세 살배기 사내아이를 두고 있었다. 이 여인은 속이 텅 빈 낡은 껍데기 같았다. 바싹 마른 나뭇가지처럼 깡마른 몸으로 모든 것을 체념한 듯 슬픈 눈빛으로 침대에 누워 있었다. 누군가 말을 걸면 그녀는 깜짝 놀라는 표정을 지어 보이곤 했다. 그럴 때마다 자신이 존재했던 시절을 떠올리게 되기 때문이었다. 그녀는 자신이 제대로 키울 수 없는 꼬물거리는 아이들 뒤로 숨고 싶었다. 그들의 아파트는 너무나 작았고(방 한 칸짜리), 남편은 실업자였다. 하지만 어떤 초인적인 힘이 그녀의 자궁에 생명을 자라게 했고, 그녀는 그 사실을 받아들여야만 했다. 그녀의 자궁, 그녀의 질, 그녀의 피, 그녀의 나팔관, 그녀의 난소, 그녀의 마음, 그녀의 사랑은 간신히 그녀에게 속할 뿐이었다. 그것들은 실제로는 어떤 과학 이론으로도 밝히지 못하는, 아이들의 음식과 장난감, 옷, 자동차, 휴가의 비용을 지불하는 데는 결코 아무런 도움이 되지 못하는 어떤 실체를 따라 움직이고 있었다.

그곳에서 나는 자신의 가족에게 음핵을 절개당하고 상처를 입어 평생 동안 절뚝거리며 살아가야 하는 여자들을 보았다.

그곳에서 나는 강제로 맺어진 결혼에서 생긴 아이들을 보았다.

그곳에서 나는 세 번째 제왕절개 분만을 남편에게 감춘 채, 네 번째 출산은 그들 부부에게 치명적일 것이라며 의료진에게 눈에 띄지 않는 효과적인 피임 방법을 알려달라고 애원하는 여자들을 보았다.

그곳에서 나는 한밤중에 호출을 받은 공화국의 검사들이 엄마와 아이의 목숨을 구하라는 지시를 내리는 것을 보았다.

그곳에서 나는 혼외로 태어나 엄마도 이름도 없이 버려지는 아이들을 보았다. 아이의 유기는 가족 모든 여자들의 합의가 요구되는 일이었다.

그곳에서 나는 얼굴이 없는 여자들을 보았다.

그곳에서 나는 머리카락이 없는 여자들을 보았다.

그곳에서 나는 두려움 때문에 움츠러든 여자들을 보았다.

그런데도 나는 그곳에서 여자들을 보았다. 언제나 변함없이.

하지만 나는 그것이 무엇이든 그것을 말하거나 심지어 생각하는 것조차 내 일이 아니라는 것을 분명하게 깨달았다. 나는 마치 아무것도 보지 못한 것처럼 행동한다. 그토록 보이고 싶어 하는 것을 보지 않는 것이 가능하기라도 한 듯이.

나는 그들에게 마치 아무 일도 없었던 것처럼 말한다. 나는 모든 것을 존중하는 여자이기 때문이다.

나는 시체들에게 미소를 짓고, 노예들의 눈을 바라본다.

나는 매일 저녁 벌거벗었다. 여자들과 남자들을 위하여.

나는 내 몸을 이 세상에서 가장 존중받고 가장 고귀한 것으로서 드러내 보였다.

따라서 당연히, 우리 사이에는 일종의 전류가 흐른다. 질과 가슴에서 솟아나는 번개, 옥시토신(뇌하수체 후엽에서 분비되는 호르몬. 자궁을 수축시키고 젖의 분비를 촉진하는 역할을 한다—옮긴이)의 폭풍우, 월경의 양극과 음극, 프로게스테론(황체 호르몬. 임신을 유지하는 작용을 한다—옮긴이)의 폭발과 함께.

삶은 계속되었다,
콘서트와
길처럼

우리는 차를 타고 여러 시간을 달렸다. 내가 잠을 자고 노르마를 돌볼 수 있도록 공연 매니저 피피가 운전을 했다. 가보르는 운전하는 것을 싫어했다. 우리는 카라반에 우리 방을 꾸며놓았고, 다른 칸에는 노르마의 조각 장식이 있는 작은 나무 침대를 들여놓았다. 아이는 잘 자랐고, 아름답고 생기가 넘쳤으며, 아버지의 바이올린 소리에 맞춰 춤을 추었다.

계속 이어지는 공연에는 사람들이 가득 들어찼고, 우리는 많은 돈을 벌어들였다. 몇 명 되지 않는 우리 팀은 행복감에 젖었다. 우리는 유럽 전역을 누비고 다니면서 온갖 축제에 빼놓지 않고 참석했다. 나는 여전히 아무런 실수 없이 쇼에서 한 시간

반 동안 춤을 출 수 있었다. 공연은 내 근육 속에 깊숙이 뿌리내리고 있었다. 나는 매일 저녁, 충만한 현재를 살기 위해 매 순간 나 자신을 온전히 바쳤다. 나는 나 자신의 움직임과 호흡, 어조 하나하나를 정확하게 통제했다.

공연 후에는 종종 공연장 입구로 사람들이 몰려들었다. 친구들이나 신문기자들, 팬들이었다.

그해 여름, 우리는 특별히 만족스러운 공연을 한 참이었다. 관객들은 강렬하고 열광적인 반응을 보여주었다. 극도로 흥분한 청년 두어 명은 벌거벗고 무대 위로 뛰어 올라왔고, 또 다른 관객들은 무대 위로 올라와, 소리치는 사람들 사이로 뛰어내렸다.

공연이 이처럼 대성공을 거두면 우리는 말 그대로 전기에 감전된 것 같은 느낌을 받았다. 가보르와 파올로는 입이 찢어져라 활짝 미소를 지어 보였다. 파올로는 그의 드럼 뒤에서 미친 듯이 열광하여 소리를 지르며 연주했다. 드럼 위로 굵은 땀방울이 흘러내렸지만 그의 연주는 비단 실 같은 섬세함을 잃지 않았다. 리드미컬한 연주는 마치 기차처럼 전진하면서 관객들의 근육을 간질였다. 그는 사람들을 춤추게 했다. 그의 박자는 저항할 수 없을 만큼 매혹적이었으며, 그는 모든 것이 리듬이라는 것을 그들에게 상기시켰다. 그들의 걸음걸이부터 식탁 차리기, 운전할 때 운전대를 가볍게 두드리는 작은 버릇, 그들이 사랑하는 몸

위에서 손을 움직이는 습관까지 모두가. 삶은 리듬인 것이다.

가보르로 말하자면 그는 재기가 넘쳤다. 그가 연주하는 바이올린은 마치 하나의 목소리처럼 떨리면서 그 속에 다양한 감정들을 실었다. 그는 봄에는 청중을 목가적인 정원으로 데려갔다. 그리고 갑자기 가까운 친구의 죽음을 알리기 위해 그들을 습한 정글로 데려가 친구의 장례식이 즐거운 면도 있었음을 이야기했다. 그는 청중의 마음을 어루만지고 즐겁게 해주었으며, 때로는 눈 오는 어느 오후, 학교에서 돌아왔을 때 다정하게 맞아주는 엄마와 따뜻한 초콜릿의 향기처럼 부드럽게 그들을 감싸주기도 했다. 마지막으로 그는 삶에서 가장 뜨거운 순간과 가장 관능적인 사랑 속으로 우리를 빠져들게 했다. 가보르는 매일 저녁 삶 전체를 우리 눈앞에 펼쳐 보였다.

가보르와 파올로는 우리 손을 잡고 아주 깊숙이 파묻어둔 감정들 속을 이리저리 헤치고 다녔다. 그리고 그들은 내게 날아다니는 양탄자를 만들어주었다. 나는 그들의 음악에 의지하여 그곳에 올라타 그들과 함께 어디든지 가고 내가 원하는 춤을 추기만 하면 되었다. 피에르와 피에르는 거기에 긴장감을 더해주었다. 그들은 불안하고 초자연적이며 섹시하고 혼란스러웠다.

그러던 어느 날 저녁, 우리는 공연이 특별히 만족스러웠다. 모두가 활짝 웃으며 행복해했다. 우리 카라반은 무대 뒤에 세워

두었고, 모두들 시끌벅적한 축제를 마음껏 즐겼다. 스페인에서 였던 것 같다.

가보르는 그곳에 있는 모든 사람들에게 우리 차로 '행복의 묘약(초강력 폴란드 독주)'을 마시러 올 것을 제안했다. 우린 테이블과 쿠션을 꺼내놓았고, 피에르와 피에르는 커다란 소파를 가져왔다. 축제를 주관한 사람들은 우리에게 의자를 빌려주었다. 우리는 사방에 촛불을 밝혔다. 우리 술잔은 크리스털로 된 것(가보르는 골동품상도 겸하고 있었다)이었다. 이제 독주가 효력을 발휘하기 시작했다. 나와 눈길이 마주치는 사람들의 얼굴에 환한 미소가 번졌고 눈이 반짝거리며 빛났다. 순회공연에 관한 에피소드가 여기저기서 터져 나왔고, 웃음소리와 경쾌한 춤이 이어졌다. 내 품에 안겨 있던 노르마는 커다랗게 뜬 눈으로 그 모든 것을 지켜보았다. 날은 더웠고, 피에르와 피에르는 몇몇 촌극을 선보이면서 똑같은 몸짓으로 똑같은 순간에 똑같은 말들을 했다. 그들은 우리를 매료시켰다. 우리는 박수를 치면서 웃음을 터뜨렸다. 그러자 가보르는 바이올린을 꺼내 보헤미아 음악을 연주했고, 우리는 감탄사를 연발했다!

나는 내 공주를 품에 꼭 안고 쿠션 위에 주저앉아 있었다. 주위의 모든 것이 환하고 감미롭게 느껴졌다. 나는 노르마의 곱슬곱슬한 머리를 어루만졌다. 그리고 소리가 점차 잦아들면서 안

개가 긴 듯 눈앞이 부옇게 흐려졌다. 나는 나를 둘러싼 세상과 차츰 멀어졌다. 내 안의 무언가가 나를 부르고 있기 때문이었다. 왠지 낯익은 느낌이 내 안에 점차 자리를 잡으면서, 내 생각 속에 어렴풋한 기억이 떠올랐다. 또한 가슴이 땅기고 배 속에서 거품이 터지고 위장이 수축했다.

그 느낌의 윤곽이 점차 명확해졌다.

임신을 한 것이었다.

나는 바이올린을 연주하는 가보르를 바라보다가 사랑하는 딸의 갈색 곱슬머리를 어루만졌다. 흔들리는 촛불로 인해 서로 껴안고 있는 피에르와 피에르의 모습이 어른거렸다.

나는 스르르 잠이 들었다.

8호실에는
아이를 잃은
부인이 있다

이전以前.

이전의 아이.

그녀는 아이를 숲 속이나 길모퉁이에서 잃어버리지 않았다. 그런 게 아니었다.

의사는 그녀에게 임신중절 수술을 권유했다. 배 속의 아기가 모두에게—무엇보다 그녀에게—고통을 안겨줄 끔찍한 질병에 걸려 있다는 게 이유였다. 그 사실을 알게 되었을 때 이 젊은 산모는 임신 5개월 반째로 접어든 상태였다. 배는 부풀어 올랐고, 머릿속에는 사내아이의 이름들이 가득하며, 어쩌면 침대와 방, 옷, 어린이집, 유치원, 유모차, 탯줄 소독제, 가슴에 바르는 크림, 수유용 브래지어, 산부인과 병실에서 입을 잠옷까지 모두 생각해두었을지도 몰랐다.

그날, 그녀는 아이의—아무리 병에 걸리고 흉측하게 생겼다고 할지라도—죽음을 직접 겪어보지 않은 사람은 결코 이해할 수 없을 만큼 구슬프게 울었다.

그녀의 머릿속은 눈 깜짝할 순간에 '네'에서 '아니오'로 옮겨간다. 두개골 속에서 핵폭발이 일어난 것처럼 머리가 흔들린다. 현실을 직시하는 걸 거부하는 듯 안구가 튀어나온다. 배 속이 뒤집히면서 구토가 치밀고, 다리가 후들거리면서 주저앉을 것 같다.

그리고 그녀의 두 손이—손은 심장의 연장이다—그녀의 배를 쓰다듬는다. 그녀의 손은 자기 옷이 있고, 어린이집에 가고, 피아노를 칠…… 그리고 곧 죽을 운명인 이 조그만 아이를 여전히 사랑하고 있다.

그녀는 아이의 아빠와 곰곰 생각한 끝에 아무도 고통받지 않을 길을 선택했다. 진단은 단호했다. 나아질 가능성은 전혀 없었고, 끔찍한 고통만이 그들을 기다리고 있었다. 그녀는 병원에 갈 약속을 잡았다.

의료진은 그녀에게 경막외 마취(하복부의 통증을 제거하는 부분 마취법—옮긴이)를 하고 분만을 유도하기로 했다. 조산사는 좀 더, 좀 더요, 부인, 그렇게 말했다. 경우에 따라 살아 있거나 죽은 아이가 나오지만, 살아 있다 해도 곧 죽게 될 터였다. 그런 건 신의 뜻에 맡겨야 했다.

그들은 그녀의 품에 아이를 안겨주었다. 그리고 아이에게 이름을 붙여준 다음 아이를 매장했다. 가족 대장에도 아이의 이름을 적어 넣었다. 그녀의 첫 출산이었다. 그리고 태어난 아이는 없었다.

서류에는 이렇게 적혀 있었다. 첫 번째 출산/제로 출생. 사산된 아이의 탄생이었다.

병원에서는 그녀에게 한 무리의 정신과 의사들을 보냈다. 모두가 출산 전후의 초상初喪에 있어 최고의 전문가들이었다. 그들은 그녀에게 적어도 1년간 의사를 만나도록 면담 날짜를 잡아주었다.

확실히 해두기 위해서라고 하면서.

이 여인들은 깊은 상처를 입은 존재들이다. 그들은 한데 모여 서로의 경험담을 털어놓는 모임에 참석할 것을 권유받는다. 그곳에서 그런 일을 여러 차례 겪은 후(그런 경우들이 실제로 있다!) 다시 회복해서 건강한 아이들을 낳은 여자들을 만나기도 한다. 그들은 어린 유령들 그리고 살아 있는 어린아이들과 함께 살아가는 여자들이다. 그리고 모임에서 활기 넘치는 수많은 가족을 만나게 된다.

서로에게 큰 힘이 되는 가족들을.

8호실에서 18개월 전에 어린 아담이 죽었다.

그리고 사흘 전에 이곳에서 어린 에메가 태어났다.

그런데 이성적이기보다 현실적인 편에 속하는 것 같은 이 젊은 엄마는 자기 품에 누굴 안고 있는지 잘 알지 못한다.

그녀는 잠을 이루지 못한다.

그녀가 마지막으로 잠들었을 때 아기가 죽었고, 잠에서 깨어났을 때 아기를 땅에 묻었기 때문이다. 그래서 이 아이만은 살아 있도록 지키기 위해서 그녀는 잠들지 않기로 한다.

아이에게 젖을 빨리고 싶었지만 젖이 나오지 않았다. 아무것도 나오지 않았다. 바짝 메말라버렸다. 아기는 젖을 빨고 또 빨고 빨다가 배가 고파 큰 소리로 울기 시작한다. 아이는 엄마 젖을 밀어냈다가 다시 입에 물었다가 또다시 놓아버리고는 더욱 더 큰 소리로 울어댄다. 아이는 팔과 손을 주체 못 하고 울면서 주먹을 입으로 가져간다. 아이를 달래는 건 불가능하다. 그녀는 여전히 아이에게 젖을 물리고 싶어한다. 그게 아이에게도 좋기 때문이다. 이번에는 꼭 그럴 수 있기를 바라면서.

그녀는 아이가 배 속에서 거꾸로 서는 바람에 제왕절개를 해야 했다.

그녀는 내게 자신이 모든 것에 실패했으며, 아무짝에도 쓸모없는 것 같다고 말한다.

그녀는 내게 아이를 잃을지도 모른다는 생각에 견딜 수 없어서 아이가 살아 있음을 느끼는 게 참기 힘들다고 말한다.

그녀는 내게 만약 수유를 포기한다면 아이가 자기 아이가 아닌 것과 마찬가지라고 말한다. 아무나 아기의 엄마가 되어서 그녀보다 아이를 더 잘 돌볼 수 있을 것 같다고.

그녀는 내게 아담의 탄생과 죽음의 비극을 자꾸만 떠올리게 된다며, 자기 아이가 살아 있다는 걸 믿을 수 없다고 말한다. 아이가 살아 있는 게 사실이라면, 왜 다른 아이는 죽어야 했는가?

그녀는 때로 사람들이 자신에게 거짓말을 했다고 생각한다고 말한다. 그들이 죽은 아이에 대해 잘못된 판단을 한 거라고. 자신이 임신중절을 하지 않았더라면, 어쩌면 이 아이처럼 잘생긴 사내아이를 얻을 수 있었을지도 모른다고. 그러면 이 아이는 태어나지도 않았을 거라고.

그녀는 점점 미쳐가고 있다. 그녀를 도와야 한다.

그녀는 처음부터 후회한다고 말한다. 되돌릴 수만 있다면 자신은 아이를 만들지 않을 거라고 말한다.

이런 게 반드시 거쳐야 하는 과정인지는 잘 모르겠다. 하지만 아이를 잃어본 사람은 자신이 죽음을 탄생시킬 수도 있다는 사실을 깨닫게 된다.

그것은 하나의 가능성이다. 생명을 탄생시키기/죽음을 탄생시키기. 생명을 탄생시키고 죽음을 탄생시키기.

인간의 육체는 생명과 죽음 중 하나를 탄생시킬 수 있다. 그건 반드시 우리 잘못도 아니며, 우리의 결정에 의한 것도 아니다. 우리에게는 선택권이 없다.

살아 있는 아이를 원했나요? 당신은 죽은 아이를 낳았어요. 죽은 아이를 원했나요? 아이는 살아 있어요. 살아 있는 아이를 낳았다고요? 아이는 죽을 수도 있어요.

인간은 생명을 탄생시킬 때는 죽음을 별로 염두에 두지 않는 법이다.

아니, 더 나아가 죽음을 떠올리는 것을 금한다. 병적인 생각들은 정신과 의사들과 정상적인 것의 신봉자들을 불러들이기 때문이다.

하지만 아이를 잃은 사람은 마치 몸속의 중요한 장기처럼 언제나 죽음과 함께하게 된다. 그리고 그 누구보다도 삶이 무엇인지 잘 알고 있다.

부인은 이야기를 계속한다.

"아기가 배가 고픈 것 같아요. 아기에게 분유를 먹여도 될까요? 어쨌거나 아이를 굶길 수는 없잖아요. 그리고 아기 목욕을 어떻게 시키는지 알려주실 수 있어요? 아기 키도 재야 하고요. 남편은 시청에 출생신고를 하러 갔어요. 난…… 나는…… 아이에게…… 형 얘기를 해주어야 할까요? 뭐라고 얘기하죠? 우리만의 비밀로 간직해도 될까요?"

부인은 자신의 이야기로 내 소중한 시간을 빼앗은 것에 대해 사과한다. 그녀는 자신의 아이를 사랑한다. 정말이다. 오늘 아침에는 잠시 혼란스러웠을 뿐이다. 나와 얘기하고 나니 마음이 한결 후련해진다. 내게 감사하는 그녀의 눈에서 눈물이 흐른다. 그녀는 아기에게 젖병을 물리는 게 그렇게 심각한 일인지 내게 묻는다. 어쨌거나 그녀의 남편은 젖을 물리는 것에 그다지 집착하지 않는 편이다. 하지만 그녀는 이러쿵저러쿵 말들이 많은 위험한 화학제품으로 아이를 키우는 것이 두렵다. 그녀는 에메를 받아들이기가 힘들 거라고 이미 짐작한 터였다. 그런데 오늘 아침 갑자기 그 모든 것이 진정한 공포로 한꺼번에 몰려온 것이다.

그녀 품속의 아이는 진정이 된 듯했다. 그녀는 아이의 등을 어루만져준다.

나는 미소를 지어 보인다. 희망이 있기 때문이다.

나는 희망을 사랑한다.

하지만 갑자기 배 속이 뒤틀리고 날아오를 것 같으면서 목구멍이 벌렁거리고 숨쉬기가 힘들어진다. 죽음이 내게 너무 가까이 온 것 같다.

페르라셰즈 묘지공원에서 묘비도 이름도 없이 홀로 잠들어 있는 나의 어린 제쥐가 떠오른다. 한 그루 장미 나무. 한 송이 꽃. 죽은 내 아기.

화장실로 달려간다.

온몸이 땀으로 흠뻑 젖는다.

다리, 팔, 배가 마구 가렵고, 가슴속 깊은 곳에서 작고 뜨거우면서 위협적인 불길이 치솟는 것 같다. 온몸이 뜨거워지는데도 땀은 차갑기만 하다. 나는 결코 여기서 벗어나지 못할 것 같다. 숨이 가빠온다. 그런데도 눈물은 나지 않는다.

멈춰야 한다. 이게 뭔지는 잘 모르겠지만, 이젠 멈춰야 한다.

이럴 때 다른 사람들은 어떻게 할까?

여기에 홀로 갇혀 있는 나약한 나 자신이 부끄럽다. 무능력한 내가 싫다.

제쥐는
내 손안에서
죽었다

그 아이의 살아 있는 모습을 본 적이 있는지 기억이 잘 나지 않는다. 사실, 그 애는 죽어서 태어났다.

아이는 너무 일찍 세상에 나왔다. 전혀 예상치 못한 일이었다. 온통 피범벅이 된 아주 조그만 사람이었다. 하지만 얼굴과 입, 팔과 다리를 모두 갖추고 있었다. 죽어서 세상에 나온, 생기다 만 인간.

우리는 파리 교외에서 열리는 센 지역 록 페스티벌에 참석 중이었다. 나는 임신 중인 걸 알고 있었고, 3개월이 조금 지났을 거라고 예상했다. 그날은 아침부터 몸 상태가 좋지 않았고, 배가 아파오면서 몸이 떨렸다. 그리고 출혈이 시작되었다. 처음에는 아주 조금씩, 그리고 점점 더 많이. 붉디붉은 피가 흘러나왔다.

가보르는 몹시 불안해하면서 콘서트를 취소하려고 했다. 그는 노르마가 태어날 때 나 때문에 잔뜩 겁을 집어먹었던 터라 이번에는 미칠 듯이 걱정스러워했다. 그는 카라반 안에서 빙빙 돌면서 담배를 연방 피워댔다. 노르마는 요람에서 잠들어 있었다. 그 애는 태어난 지 이제 8개월이 되었다.

갑자기 배가 둘로 끊어질 듯 아파오면서 단검으로 찌르는 것 같은 고통이 엄습했다. 무언가가 배 속에서 밖으로 나오려는 것 같았다. 크고 끈적거리는 어떤 것이. 그리고 제쥐가 나타났고, 나는 온통 피범벅이 되어 있었다.

가보르는 그 모든 것을 지켜보았다. 우린 둘 다 얼이 빠졌고, 시트는 온통 벌겋게 물들었다. 가보르는 운전대를 잡았고, 다른 사람들에게 우리가 떠난다고, 콘서트를 취소한다고 말할 틈조차 없었다. 우리는 파리를 향해 달렸다. 가보르는 나를 병원으로 데리고 갔다. 마치 이번에는 어떻게 해야 하는지 알고 있다고, 세상에서 당신을 가장 잘 돌봐줄 수 있는 곳으로 데려간다고 말하려는 것 같았다.

응급실에 도착하자, 당연히 사람들이 우리를 미친 사람 취급했다.

난 테이블 위에 굴러다니던 조그만 상자에 내 몸에서 빠져나온 아이의 잔해를 담아 왔다. 그것을 화장실이나 휴지통에 던져 버릴 수는 없었다. 나는 아이의 잔해가 있던 시트를 잘라서 그것으로 아이를 둘둘 말았다. 내 손으로 만지고 싶지는 않았다. 탯줄 끝에는 마치 간처럼 보이는 커다란 덩어리가 있었다. 태반의 일부인 것 같기도 했다. 난 정말 피를 너무 많이 흘려서 몸이 최악의 상태였다.

노르마는 여전히 잠들어 있었다.

사람들이 카라반으로 나를 데리러 왔을 때 나는 고통과 피로 때문에 의식을 잃은 상태였다. 나는 겁에 질려 있었고, 팔다리가 몸에서 떨어져 나가는 것 같았다. 그들은 나를 들것에 싣고 출혈을 멈추게 하기 위해 곧장 수술실로 향했다.

내가 다시 정신을 차렸을 때 가보르는 그곳에 없었다. 나는 아주 차가운 커다란 방에서 몸에 관管들을 주렁주렁 매단 사람들에게 둘러싸여 있었다. 간호사로 보이는 사람들이 분주하게 움직이고 있었다.

한 시간이 족히 지날 때까지 아무도 내게 말을 걸지 않았다.

마침내 누군가가 와서 기계로 내 상태를 확인했지만 나한테는 아무 말도 하지 않았다. 하지만 난 그가 전화로 하는 이야기를 들을 수 있었다.

"환자는 안정됐어요. 이제 병실로 옮겨도 됩니다."

아까 나를 옮겼던 사람들이 다시 나를 데리러 왔다. 그중 하나가 내게 미소를 지었다. 나는 그에게 감사하다는 인사를 하고 싶었다. 나는 내가 여전히 살아 있는지, 아니면 그냥 이렇게 하나의 수치로 변화하는 건 아닌지 자문하고 있었다. 그들은 나를 병실로 옮겼다. 그러고는 더 이상 아무 일도 일어나지 않았다. 나는 기다렸다. 여전히 아팠지만 더 이상 출혈은 없었다. 가보르와 노르마가 보고 싶었다. 같이 뭘 먹으러 갔나 보다 생각했다. 외로웠다. 이곳 세상은 차갑고 하얗고 매끄러웠다. 아름다운 일은 결코 일어날 수 없을 듯 보였다. 언제나 새하얗게 비어 있도록 선고받은 페이지, 영원히 비어 있는 두 세상 사이의 공간처럼.

누군가가 노크도 없이 들어와서는 자신을 심리학자라고 소개했다. 그 여인은 내 상태가 어떤지, 자신이 뭔가 도와줄 일이 없는지를 물었다. 난 그녀에게 집으로 돌아가고 싶으며, 가보르와 노르마를 보고 싶다고 말했다. 여긴 편하지가 않고 아이를 잃은 것이 슬프다고도 했다. 그녀는 당신 집은 카라반이 아니냐고 물었다. 그리고 그 안에서 벌써 한 아이를 키우고 있지 않느냐고. 길 위에서의 삶이 임신에 적합하다고 생각합니까? 언젠가는 당신 딸을 학교에 보낼 생각인가요? 동거인은 당신에게 잘 대해줍니까? 다시 말하면, 폭력을 행사한 적은 없나요? 어제 죽은 태

아는 당신이 보관하고 있다고 들었습니다. 그걸 어떻게 할 셈인가요?

마치 경찰관 같았다. 내가 비정상이라고 생각하는 또 한 명의 여자가 나를 고문하고 있었다. 나를 '돕고자' 하는 여자가 한 명 더 있었다. 나는 우린 아무 문제가 없으며, 매우 행복하게 잘 지내고 있고, 집으로 돌아가고 싶으며, 가보르는 정말 좋은 남자라고 대답했다.

하지만 그녀는 내 말을 한 마디도 믿지 않았다.

그녀는 서류에 무언가를 적고는 내게 잘 있으라고 인사했다. 하지만 내 귀엔 불쌍한 여자라는 소리로 들렸다. 나도 잘 가라고 인사했다. 마음속으로는 재수 없는 여자라고 생각하면서.

그러자 갑자기 울고 싶어졌다. 그 여자는 날 모욕했고, 그녀도 그 사실을 알고 있었다. 그녀는 내게, 이봐 아가씨, 이 세상에 당신 같은 여자를 위한 자리는 없어, 그래서 당신 아이가 죽은 거야, 라고 말하고 있었다. 당신 같은 여자들은 평생 길에서 헤매도록 저주받은 거라고.

나는 팔과 목, 귀를 문지르기 시작했다.

가보르, 제발 빨리 돌아와줘.

그다음에 들어온 사람은 가보르가 아니었다. 쉰 살쯤 되어 보이는, 짧은 머리에 보랏빛이 감도는 푸른 눈을 가진 여성이었다. 그녀의 눈 깊은 곳에서 무척이나 귀여우면서도 단호한 무언가가 느껴졌다. 살아오는 동안 이런 경우를 수없이 본 것 같았다. 그녀는 베트남 전쟁에서 돌아온 아름다운 여전사를 연상케 했다. 그녀는 내 눈을 똑바로 바라보며 말했다.

"안녕, 아가씨. 난 오늘 밤 당신을 수술한 산부인과 닥터 마리예요. 수술은 아주 잘 되었어요. 이런 일을 겪고 나면 한 가지 생각밖에 안 들 거예요. 사랑하는 사람들을 빨리 다시 만나고 싶으시죠?"

"네."

"간밤에 아가씨 애인하고 얘길 했어요. 당신 걱정을 아주 많이 하더군요. 그리고 당신 딸 노르마는 아주 예쁘고 사랑스러운 아이더군요."

"그 사람을 빨리 보고 싶어요."

"곧 돌아올 거예요. 조금 전에 식사하러 갔거든요. 두 분은 지금 길에서 살고 있죠? 당신은 댄서인가요, 맞나요?"

"네."

"정말 근사한 직업이네요! 당신은 행운아예요."

나는 그녀에게 웃어 보였다. 내 귀를 믿을 수가 없었다. 이 여잔 왜 다른 여자들 같은 눈빛으로 나를 바라보지 않는 걸까?

"당신은 피를 많이 흘렸어요. 그래서 한동안 많이 피곤할 거예요. 하지만 수술이 잘 되었으니까 앞으로 임신하지 못할까 봐 걱정하진 않아도 돼요. 당신은 아직 젊고 건강하니까 금방 회복할 거예요. 그런데 어떤 춤을 추세요?"

이런, 이제 모든 게 흔들릴 차례였다.

"그러니까, 전 말 그대로 몸으로 춤을 춰요. 옷을 벗고요."

"그렇군요. 그리고 보니까 당신을 본 적이 있는 것 같아요. '사랑의 카바레' 공연에서요, 그렇죠?"

믿을 수가 없었다. 갑자기 방 전체가 음악으로 가득 차는 것 같았다. 가보르의 바이올린 소리가 들리고, 내 몸속에 다시 뜨거운 피가 흐르면서 삶이 되돌아왔다.

"난 당신 춤이 정말 좋아요. 당신은 아주 용기 있는 일을 하는 거예요. 요즘은 여성의 육체가 학대받고 있죠. 그런데 당신은 여성의 몸에 가장 중요한 의미를 부여한 거예요. 당신 마지막 공연, 정말 감명 깊었어요."

나는 그녀의 말에 웃음을 터뜨리면서 동시에 눈물을 흘렸다.

"고맙습니다. 고맙습니다. 고맙습니다!"

그녀는 노르마의 출생과 길 위의 삶에 대해 많은 것을 물었다. 그리고 내 이야기를 주의 깊게 듣고는 집시 노파를 고발하지 않겠다고 약속했다. 그녀는 내 얘기를 듣는 동안 자주 웃었고, 마지막에는 내 손을 잡았던 것 같기도 하다.

그녀는 또다시 임신하게 되면 자신을 보러 오라고 말했다. 나를 돌봐주겠다면서. 그리고 내게 자기 명함까지 주었다.

"이런 질문을 해서 미안해요." 그녀는 내가 그곳을 떠나기 직전에 물었다. "태아의 흔적을 전혀 찾을 수 없어서요. 그걸 어떻게 하셨나요?"

"제쥐 말인가요?"

"네?"

"전 아이를 제쥐라고 이름 지어줬어요. 언젠가 부활했으면 하고 바라서요."

"그래요. 그럼 제쥐를 어떻게 했나요?"

그녀는 미소를 지었다.

"여기 오기 전에 상자 안에 넣어두었어요. 차에 있을 거예요. 땅에 묻어주려고요."

"그렇군요. 알겠어요. 앞으로 좋은 일이 많기를 바랄게요. 그리고 잊지 말아요. 언제라도 무슨 일이 있으면 내게 꼭 연락해요. 다시 임신하게 되면 우리가 당신을 돌봐줄게요. 이제 당신 애인이 돌아오면 집에 가도 좋아요. 잘 가요, 베아트리스."

"고맙습니다, 마리 박사님."

이렇게 새하얀 세상에서 내 이야기를 들어주는 누군가를 만

난 것은 정말 놀랍고도 특별한 경험이었다. 뜨거운 포옹을 닮은 미소를 지닌 마리 박사는 내게 마치 천사처럼 보였다.

하지만 나는 그때 내가 꿈을 꾸었던 것은 아닌지 자문하곤 한다. 내가 로메오를 가져서 그녀에게 연락을 시도했을 때 그녀가 누군지 아는 사람이 아무도 없었기 때문이다. 나는 분명 그녀의 명함을 갖고 있었다. 그런데 병원에서는 단 한 명의 젊은 간호사만이 그녀를 기억하고 있었다. "그분은 더 이상 여기서 일하지 않아요. 아프신 것 같더라고요." 그게 내가 얻을 수 있는 정보의 전부였다. 다른 의료진은 그녀 얘기를 들은 적이 없다고 했다.

가보르는 나의 사랑스러운 노르마를 안고 나를 데리러 왔다. 우린 서둘러 그곳을 떠났다.

카라반에서 나는 작은 상자의 뚜껑을 닫았다. 그 속에 든 것은 정말 역겨웠다.

"이걸 땅에 묻고 싶어." 나는 혼잣말처럼 말했다.

그는 나를 꼭 안아주었다.

우린 카라반을 파리 20구의 페르라셰즈 묘지공원 가까이에 주차시켰다.

"이제 가자고. 모포를 하나 가져와."

"알았어요."

우리는 페르라셰즈 묘지공원을 향해 갔다. 저녁 7시 30분경 이었다. 우리는 묘지공원을 한 바퀴 돌았다. 가보르가 묘지공원 의 관리인으로 일하는 친구를 만나고 싶어했기 때문이다. 가보 르는 예전에 그곳에서 열린 축제에 참가한 적이 있었다. 대개 그렇듯이, 망자들에게 음악을 들려주기 위해 밤에 몰래 열리는 축제였다. 가보르는 고인들을 위해 바이올린을 연주했고, 그곳 의 야간 관리인 중 하나와 친구가 되었다. 그들을 묘지공원에서 내보내기 위해 왔던 관리인은 가보르와 그 일행이 연주하는 음 악을 끝까지 들었다.

가보르가 조그만 상자를 들고 간다. 우리는 잠시 걷다가 거 대한 묘지 뒤에 몸을 숨긴다. 이젠 그 묘지가 어디 있는지 잘 기 억나지도 않는다. 가보르가 나를 이끈다. 우리는 쪼그리고 앉아 모포를 덮어쓴 채 묘지공원의 문이 닫히기를 기다린다. 5월의 부드러운 바람이 불어온다. 간밤에 잠을 설친 노르마는 우리 품 에 안겨 잠들어 있다. 우리는 그녀의 뺨과 머리를 쓰다듬는다. 정말 사랑스러운 아이다.

가보르는 미소를 짓는다. 나도 미소로써 답한다. 우리는 정령 들이 살고 있는 이 조용한 곳에서 지는 해를 바라본다. 마음이 편안해진다. 우리는 말을 아낀다. 이 은총의 순간을 함께 나누고 싶기 때문이다. 나는 가보르가 침묵할 줄 안다는 게 참 좋다.

우리는 마지막까지 어슬렁거리는 사람들을 내보내려고 관리인들이 분주하게 오가는 것을 지켜본다. 그들은 이제 곧 무슨일이 벌어질지 잘 알고 있다. 게다가 묘지공원이 문을 닫는 순간부터, 현실 세계에서 벗어나 죽음에 매료된 이들이 벌이는 불안하고 병적이며 성적인 밤의 행위가 시작된다는 것은 모두가 알고 있는 사실이다. 관리인들이 모두를 내쫓을 수는 없다. 페르라셰즈 묘지공원은 후미진 곳과 은밀한 숨을 곳으로 가득한 미로이기 때문이다.

모든 것이 침묵 속으로 잠겨들고 시간이 흘러간다.

어둠이 내리자 가보르는 우리와 멀지 않은 곳에서 걸어가는 관리인에게로 달려간다. 남자는 기겁하며 1미터쯤 뒤로 물러난다. 잠시 겁에 질렸던 관리인은 금세 가보르를 알아보고는 달려와 그를 얼싸안는다. 가보르가 이야기하는 동안 그들은 여러 차례 나를 돌아본다. 유감스럽다는 표정을 지어 보인 관리인은 고개를 끄덕거리고는 손으로 오른쪽에 있는 한 곳을 가리킨다. 그는 한 시간 후에 다시 오겠다고 말한다. 가보르는 그에게 거듭 고맙다는 인사를 하고는 노르마를 조심스럽게 품에 안는다. 그는 자신의 계획대로 일이 진행되어가는 것에 만족한 표정이다. 나는 잔디로 덮인 후미진 곳으로 그를 따라간다. 가보르는 손으로 구덩이를 파서는 그 속에 상자를 내려놓는다. 그리고 조금 떨어진 곳으로 달려가 장미 나무 한 그루를 뽑아 와 비밀스러운 조그만 무덤 위에 다시 심는다. 그는 정말 애를 많이 쓰고 있다! 내 상처를 아물게 하려고 지극정성을 다하고 있는 것이다. 난 그에게 진심으로 고맙다. 덕분에 상처가 아물고 있다. 적어도 일부분이라도.

우리는 조그만 무덤 앞에 앉아 서로 꼭 껴안은 채 만지고 쓰다듬는다. 달빛 아래서 나는 갑자기 이토록 아름다운 곳에서 영원히 지낼 수 있게 된 작은 엄지 왕자가 부러워진다.

"고마워요. 가보르."

"비테 쉰(천만에)."

다시 온 가보르의 친구 관리인은 페르라셰즈 묘지공원의 아래쪽으로 통하는 출구까지 우리를 안내한다. 그리고 수많은 비밀을 간직한 문을 열어준다.

우리는 그에게 감사 인사를 한다. 가보르는 한 팔로는 내 어깨를 감싸고 다른 한 팔로는 아직 잠에서 깨어나지 않은 노르마를 안고 있다. 우리는 카라반으로 돌아와 다른 친구들을 만나러 다시 길을 떠난다.

나는 이제 마음이 평온하다.

행복하다는 말은 과장이겠지만, 한결 편안함을 느낀다.

동시에 피로감이 몰려온다.

제쥐가 죽어서 태어났을 때 나는 정말 슬펐다. 지금까지 내 몸이 나의 죽음 외에 또 다른 죽음을 만들 거라는 생각은 단 한 번도 해본 적이 없었다. 나는 살아 있기 때문에 언젠가는 죽을 거라는 생각을 하면서 자랐다. 하지만 그 죽음은 나하고만 상관 있었다. 나는 누군가를 죽이는 일 같은 건 생각해본 적도 없다. 따라서 내가 누군가의 죽음을 야기하는 것은 상상조차 하기 힘들었다.

하지만 놀랍게 들릴지 모르지만, 사실 나는 그렇게 많이 좌절하지도, 다시는 회복하지 못할 정도로 불행하지도 않았다. 완성되지 못한 그 어린 아기는 살아 있는 게 아니었다. 그게 내가 얻을 수 있었던 전부였다. 어쩌겠는가. 원하는 것을 항상 얻을 수 있는 것은 아니지 않은가.

내 친구들인 피에르와 피에르, 가보르와 파올로, 우리를 따라다니는 모든 팀, 조명 담당 기사인 무슈 X, 음향 담당 프란츠, 그리고 공연 매니저 피피와 함께 우리는 정말 근사한 가족을 이루고 있었다.

그들은 서로 말을 아끼는 편이었다. 때때로 따뜻한 눈길을 보내거나, 내 눈가가 촉촉해질 때면 내게 차를 갖다 주거나, 서로 미소와 농담을 주고받을 뿐이었다. 하지만 그들과의 동료 의식은 나를 결코 외롭지 않게 해주었다.

그랬다. 나는 절대로 혼자가 아니었다.

가난하고, 감수성이 극도로 예민하며, 현실적인 삶과 동떨어져 살아가는 이 가족은 고통이라면 익히 잘 알고 있었다. 고통에 너무나 익숙한 터라 우리 모두는 죽음으로 가득한 공기를 호흡하면서도 여전히 웃고 계속 살아갈 수 있었다.

물론 나는 슬펐고 고통스러웠다. 하지만 단 한 순간도 혼자라거나 이해받지 못한다는 생각은 들지 않았다.

가보르는 나를 위해 세심한 배려를 아끼지 않았다. 그는 나를 사랑했고, 끊임없이 사랑한다는 말을 반복했다. 그는 내게 조촐하면서도 근사한 요리를 만들어주었다.

그는 내게로 다가와 바닥에 꿇어앉은 채 가슴에 손을 얹고 비극 배우를 흉내 내며 시를 낭독했다. 못 말리게 우스웠지만 그의 말들은 정곡을 찌르면서 내 가슴에 깊이 들어와 박혔다. 케케묵은 그의 문장들은 그의 독특한 억양 덕분에 생기를 띠면서 내 마음을 훈훈하게 덥혀주었다.

"베아트리스, 당신은 내 행복이자 내 삶이야. 난 언제나 이렇게 당신하고 함께 있을 거야. 난 당신 안에 있는 우울하고 슬픈 것들을 모두 밖으로 꺼낼 거야. 당신 몸에서 나온 그 꼬마 요정에 대한 기억이 당신 기억 속에서 한낱 환한 먼지에 지나지 않을 때까지 당신을 사랑할 거야."

나는 그에게 미소를 지어 보인다.

"베아트리스, 내게 뭐든지 요구하고 해달라고 해. 그럼 내가 당장 당신을 만족시켜줄 테니까. 난 당신을 위해 뭐든지 할 수 있어. 지금 당신이 겪은 일은 지옥에 사는 악마들이 겪는 것과 같은 거야. 그러니 내가 당신을 천국으로 안내하게 해줘."

그는 재미있고 감동적이다. 그는 무릎을 꿇은 채 내 허벅지에 자기 머리를 갖다 대고는 내 다리를 꼭 끌어안는다.

"베아트리스, 당신 배 속에 이 땅에서 살 수 없는 천사를 잉태하게 한 나를 용서해줘. 큰 죄를 지은 건 난데 당신이 대신 고통을 받아야 한다니. 베아트리스, 내 사랑, 이렇게 당신 앞에 무릎을 꿇고 말하고 싶어. 당신을 사랑해."

가보르는 나를 웃게 한다. 그는 정말 이루 말할 수 없이 상냥한 남자다.

그리고 놀라울 정도로 솔직하다.

피에르와 피에르는 하루 종일 아무 말 없이 조용히 미소만 지으며 내게 차를 가져다준다.

"베아트리스, 이 차를 마시고 당신 마음이 따뜻해졌으면 좋겠어."

"베아트리스, 따뜻한 물이 모든 의구심을 씻어내 줄 거야. 얼른 다시 기운을 차리길 바라. 우리가 당신을 기다리고 있다는 걸 잊지 마."

파올로는 경쾌한 얼굴로 카라반 안으로 들어오며 말한다.

"베아트리스, 당신이 원하면 오늘 내가 마리아 로즈를 동물원에 데리고 갈게. 아주 좋아할 거야. 그리고 내일은 영화관에 데려가고. 괜찮겠지? 그사이 당신은 편안히 누워서 쉬도록 해. 그리고……."

그는 갑자기 목이 멘 듯 시선을 다른 데로 돌리며 말한다.

"베아트리스, 정말 유감이야."

그리고 내 눈을 똑바로 바라보며 덧붙인다.

"내 마음은 언제나 당신과 함께 있다는 걸 잊지 마."

사실 제쥐의 기억이 몹시 고통스럽게 느껴지는 것은 바로 지금이다. 왜냐하면, 이곳에서는 어디에 눈길을 주건 모든 게 차갑고 새하얗고 생기가 없기 때문이다. 내 안의 우울한 생각들이 타일 바닥 위로, 유리 위로, 금속 위로 튀어 오르면서 점점 더 커져서 점점 더 강력한 힘으로 내게 다시 돌아온다. 그리고 고독의 지옥 속에서 다시 힘과 영향력을 키워 나간다. 그리고 가장 중요한 장기들을 공격한다……. 그중에서도 특히 간을.

그녀의 가슴에 문신처럼 새겨진 어린 아담과 함께 이 여인은 차가운 사막에서 길을 잃었다. 그곳에서는 아무도 그녀의 절규를 듣지 못한다. 그녀는 그 사실을 알고 있다. 나도 알고 있다.

무엇보다 두려운 건 바로 그것이다.

팀에
실습생들이
들어왔다

나 역시 실습생으로 1년간 여덟 번의 다양한 실습을 거쳤다. 신생아실 간호조무사 실습에서는 무엇보다 청소와 기저귀 가는 법 그리고 탯줄 소독하는 법부터 배우게 돼 있다.

한마디로, 뒤치다꺼리에 관한 것이다.

사실 실습생은 간호조무사를 위한 가정부인 셈이다. 따라서 이젠 나 역시 실습생들에게 뒤치다꺼리를 시키고 있다.

그날 나는 컨디션이 아주 나빴다. 밤을 꼬박 새우고 나면 뭔가 잘못되어가고 있다는 느낌, 잘못된 길로 가고 있다는 느낌이 더 강렬하게 나를 괴롭혔다. 나는 여기가 아닌 다른 곳에 있을 수 있기를 바랐다. 막다른 골목 같은 이 진료실을 제외한 곳이라면 어디든지. 그 여자아이는 자꾸만 내 앞에서 얼쩡거리는 재주를 지닌 듯했고, 몸이 너무 무거워서인지 내게 자리가 필요할 때 재빨리 비켜주지도 못했다. 그녀는 동작이 굼뜬 데다가 자꾸만 내게 달라붙었고, 그럴 때마다 나는 불같이 화를 냈다. 나는 그 아이에게 일말의 기회도 주지 않았다. 그러다 어느 날 이른 아침, 아이는 느닷없이 마구 퍼붓는 악의적인 질문 공세에 시달려야 했다. 그녀를 공격한 것은 나였다.

"너 몇 살이야, 샤넬?"

"열여덟 살이에요."

"산부인과에서 일하고 싶은 이유가 뭐지?"

"아이들을 굉장히 좋아하거든요."

(하하하하하하!!!)

"그럼 죽거나 병든 아이들도 좋아해?"

"네, 그럼요. 다 괜찮아요. 전 아이들은 다 좋아요."

"버려진 아이들도?"

"네."

"그럼 그 아이들의 엄마들은, 그들도 좋아해?"

"그건, 솔직히 아이들을 더 좋아하긴 해요. 하지만 엄마들한테 아기를 어떻게 돌보는지 알려주는 것도 제 일이니까요."

"그래! 그런데 넌 아이를 낳아본 적이 있어?"

"아뇨, 전 아직 너무 어려서요."

"그런데 아기 엄마들을 어떻게 좋아할 수 있다는 거야?"

"……"

"다시 물어볼게. 넌 깨끗하고, 정돈도 잘하고, 지시를 잘 따르는 엄마들을 좋아한다는 거지?"

"……"

"엄마들이 만약 마구 어지르고, 지저분하고, 불행한 사람들이라면 어떡할 거야?"

그녀는 말을 더듬는다. 내 말투는 정말 역겹고, 그녀는 겁을 집어먹는다.

"아기가 있으면서 불행할 수는 없다고 생각해요. 솔직히, 그게 잘 이해가 안 돼요. 그리고 아기가 있으면 깨끗해야 한다고 생각하고요."

"그렇게 함부로 말하지 마. 넌 흑인 엄마나 아랍인 엄마도 좋아할 수 있어? 아니면 집시나 인도인 엄마들도?"

"전 인종차별주의자가 아니에요. 하지만 누구나 자기가 살고 있는 나라에 적응해야 한다고 생각해요. 우리가 낸 세금으로 살아가는 거니까요."

나는 완전히 미쳐버리면서 눈알이 튀어나올 것만 같다. 그녀를 죽여버릴 수도 있을 것 같다.

"넌 영혼이 있니?"

"영혼요?"

"아니, 내가 잘못 물어봤네. 넌 아기가 왜 우는지 알아?"

그녀는 두 발짝 뒤로 물러서고, 나는 노골적으로 위협적인 태도를 취한다. 그녀는 속사포처럼 빠르게 대답한다.

"아기는 그렇게밖에 자기를 표현하지 못하니까요. 말을 하지 못하잖아요."

"그럼 넌 댄서들은 말을 하지 않으니까 자기를 표현하지 못하는 거라고 생각해?"

"……."

"그럼 음악가들은, 그 사람들도 아무 말 안 하는 거겠네?"

"그건, 음악가들은 악기를 연주하거나 가사가 있는 노래를 부르니까요. 그러니까 이해가 되죠."

"그럼 스트리퍼들은, 그들은 아무 말도 안 하는 거야?"

내 입이 그녀의 얼굴에 바짝 다가가자 그녀는 얼굴을 돌린다.

"그, 그게 뭐예요? 전 그런 거 몰라요. 여긴 배우러 온 거고요. 학교에서 그렇게 말했거든요. 그리고 아기들은 우는 게 당연하잖아요. 내 여동생도 매일 울었어요. 다른 아기들처럼요."

그녀의 눈에 눈물이 맺힌다.

"그럼 네 어머니는, 엄마는 그때 뭘 했는데?"

"엄마는 동생을 야단쳤어요, 다정하게요. 하지만 엄만 동생 투정을 절대로 받아주지 않았어요."

"넌 아기가 투정을 부린다고 생각하니?"

"네, 그럼요. 안아달라고 울거나, 밥 먹을 시간이 아닌데 먹을 걸 달라고 떼를 쓰기도 하잖아요."

"아기가 안아달라고 울거나, 밥 먹을 시간이 아닌데 먹을 걸 달라고 떼를 좀 쓰면 안 되는 거야?"

"그걸 다 들어주면 나쁜 습관이 들 테니까요. 그러면 별일도 아닌 걸로 툭하면 울게 될 거고요."

"그렇게 생각해?"

그 순간, 나는 그녀를 죽이고 싶다는 강렬한 충동을 느꼈다. 그녀에게로 달려들어 목을 조르고 싶었다.

"그래서, 나중에 그 아이는 카라반에서 벌거벗고 바이올린을 연주하는 떠돌이 집시가 되고? 마약에 취한 게이들에게 둘러싸여서? 그게 네가 말하려는 거야? 아이를 마음대로 울게 내버려두면, 그 아이는 나중에 스트리퍼가 되고, 머리가 텅 빈 멍청한 간호조무사 실습생한테 소리나 지르는 사람이 될 거라는 얘길 하고 싶은 거냐고?"

나는 그녀를 향해 소리를 지르기 시작했다. 한계를 벗어났던 것이다. 악몽 같은 밤이었다, 끔찍한 악몽. 그날, 나는 자제력을 잃었다. 여자아이는 그런 나를 이해하지 못했다. 그리고 나머지 실습기간 내내 단 한 번도 입을 열지 않았다. 나한테 혼쭐이 나서 입이 완전히 얼어붙은 듯했다.

9호실에는
아기에게 젖을 먹일 수 없는
부인이 있다

병실에는 그녀와 아기를 연결하는 관들이 가득하다. 착유를 위한 플라스틱 관들. 아기가 젖을 빨 때 아기를 속이기 위한 플라스틱 관은 한쪽 끝은 젖병 속에, 다른 한쪽 끝은 엄마 젖에 연결되어 있다. 그러니까, 아이는 병 속에 든 엄마 젖을 먹는 셈이다. 관을 통한 수유가 여의치 않을 경우를 위해 플라스틱 주사기도 준비돼 있다. 아기에게 젖을 먹이고자 할 때 고무젖꼭지는 절대 사용할 수 없다. 고무젖꼭지는 수유의 가장 큰 적이다.

그리고 이 모든 것의 중심에 몸무게가 지나치게 덜 나가는 신생아가 있다! 이래서는 안 됩니다, 부인!

그녀의 하루 일과는 이렇다.

하루에 적어도 여섯 번씩 최소 20분간 착유기로 젖을 짠다. 짠 젖은 냉장고에 보관한다. 주의해야 할 점! 냉장고에서 꺼낸 젖을 일단 데우면 남은 것은 모두 버려야 한다. 따라서 꼭 필요한 양만큼만 냉장고에서 꺼내야 한다는 것을 명심해야 한다.

그녀는 최소 세 시간 간격으로 아기에게 젖을 먹인다. 그리고 젖을 먹이기 전과 후에 아기 몸무게를 잰다. 아기가 젖을 얼마나 먹었는지 알기 위해서다. 몸무게는 신생아실에서 잰다. 그 결과를 가지고 신생아에게 아직 더 필요한 젖의 양을 계산할 수 있다. 그런 다음 다시 엄마 젖이 담긴 용기에 연결된 관을 이용해 아이에게 젖을 먹이는 것이다.

착유기로도 젖이 충분히 나오지 않으면 산모의 등을 마사지하거나 산모를 웃게 한다. 엄마의 긴장이 풀리면 젖이 더 잘 나오기 때문이다.

나는 모유 수유에 관한 아주 흥미로운 교육을 받았다. 그래서 어떻게 해야 하는지 잘 알고 있다. 모유 수유는 아기에게는 최선의 것이다. 엄마들은 모두 자기 아이에게 최선의 것을 해주고 싶어한다. 따라서 아무리 힘든 상황이라도 모유 수유를 포기하는 것은 자기 아이에게 나쁜 일을 하는 것과 같다. 절대 그렇게 되도록 내버려둘 수 없다! 세계보건기구는 6개월 동안 전적으로 모유 수유를 할 것을 권장하고 있다. 그나마 다행인 것은, 법에 정해진 두 달 반의 출산휴가가 끝난 후 다시 일하게 될 때, 일터를 포함하여 어디에나 가지고 다닐 수 있는 아주 편리한 소형 착유기가 있다는 사실이다.

수유는 자연스러운 것이다. 아기나 엄마 모두에게.

하지만 실상을 들여다보면 그건 사실과 다르다.

아주 많은 여성들이 그 때문에 고통받고 있으며, 정상적으로 이루어지지 않는 수유로 인한 절망감은 모성애 자체에 영향을 미치기도 한다.

9호실로 들어서던 나는 갑자기 온몸의 힘이 빠져나가는 것 같았다. 절망한 산모는 자신과 아이에게 문제가 있다는 이야기를 반복했다. 그녀는 입원한 지 사흘도 안 되어 완전히 전의를 상실했다.

"난 정말 아기한테 젖을 먹이고 싶어요. 내 딸에게 가장 좋은 걸 해주고 싶다고요. 그런데 난…… 난……."

그녀는 목이 메어오면서 눈물을 흘리기 시작한다.

"하루는 시퍼렇고, 하루는 푸르죽죽하고…… 내 가슴이 지금 어떤 상태인지 아세요? 집으로 돌아가고 싶어요. 젖도 잘 안 나와요. 아기한테는 50밀리리터가 필요한데 내 젖은 겨우 20밀리리터밖에 안 나온다고요. 젖을 물리려고 해도 아이가 싫다고

도리질을 쳐요. 그러면서 울기 시작해요. 난 처음부터 사람들이 하라는 대로 다 했는데 제대로 되는 게 하나도 없어요. 이제이 주사기랑 착유기 같은 건 꼴도 보기 싫어요. 요전 날에는 젖에서 어찌나 피가 많이 나던지 젖이 벌겋게 변했었다고요! 정말끔찍했어요. 솔직히 병원에서 수유에 너무 집착하는 것 같아요. 이제 더는 못 하겠어요. 자연스럽게 아기한테 젖을 먹일 수 있을 거라고 해서 죽을힘을 다해 노력했다고요. 그런데 아무래도이건 아닌 것 같아요. 난 이제 집으로 돌아가겠어요……. 그럼어떻게든 되겠죠."

이제부터는 모든 게 내 잘못이 될 것이다.

나는 부인에게 그동안 배운 대로 설명한다. 물론 아이의 죽음이나 날개, 집시들, 아기 피부를 만지고 싶은 마음 같은 건 얘기하지 않는다. 나는 아주 직업적인 차원에 머무를 뿐이다. 친절하고 상냥하게 미소를 띤 얼굴로.

적어도 그녀의 공격성을 다소 누그러뜨린다. 나는 그녀에게좀 더 힘을 내라고, 이제 곧 될 거라고, 수유는 자연적으로 되는 게 아니라 노력으로 가능하게 할 수 있는 거라고, 집으로 조산사를 보내서 계속 도와줄 수 있다고 얘기한다. 또한 착유기와

주사기를 계속 사용하라고 말한다.

그게 내가 배운 것이기 때문이다. '수유를 지속시키기.' 그런데 왜 누군가를 죽이는 것 같은 느낌이 드는 것일까?

나는 조금씩 움직이기 시작하는 그녀의 어린 딸을 바라보면서 말한다.

"아기가 정말 예뻐요. 부인을 닮았어요."

"정말요?"

"그럼요. 정말 예뻐요. 전 아기들을 많이 봐서 잘 알아요."

"난…… 난…… 수유 때문에 진이 다 빠져서……. 당신 말이 맞아요. 우리 아기 정말 예쁘죠."

그녀는 아기 뺨을 어루만진다.

나는 기분이 약간 좋아져서 병실을 나선다. 다음과 같은 이유 때문이다.

나는 부인이 집에 돌아가면 이 모든 걸 그만둘 거라는 걸 잘 안다. 주렁주렁 달린 관, 원칙을 지키는 것 등을. 그게 아기를 위한 더 나은 길이라는 것도.

그녀는 아이와 단둘이 있는 시간이 많아지면서 자연스럽게 젖을 물리고 싶어지게 될 것이다.

여성 잡지가 한 가지 말하지 않은 게 있다. 아이에게 젖을 제대로 먹이기 위해서는, 엄마 젖이 너무 아플 때 대신 젖을 먹여

달라고 할 수 있는 자매나, 엄마가 피곤할 때 대신 젖을 먹여달라고 할 수 있는 사촌이 있어야 하며, 아니면 단지 가까운 주변 사람들의 존중과 여유 그리고 몸이 필요하다는 사실이다.

하지만 여기는 프랑스 파리다.

자매도, 사촌도 없다. 두 달 반 후에는 다시 직장에 나가야 한다.

그리고 당신을 제외한 모든 사람에게 날개가 돋는다.

나는 그녀가 둘째 아이를 가질 때 다시 만나게 될 것을 알고 있다. 그녀는 내게 첫딸에게 젖을 오래 먹이지 못했다고 말하게 될 것이다. 그리고 나는 그녀를 기꺼이 돕겠지만, 착유기 따위의 이야기는 더 이상 하지 않을 것이다.

나는 꼭 한 장의
사진을 간직하고
있을 뿐이다

북부의 키엘에서 열린 축제에서 그 사진을 찍은 것은 한 독일 사진가였다.

우린 무대의상을 입고 있었고, 막 무대에서 내려온 터였다. 여름밤이었고, 카라반의 알루미늄 문 앞 테이블 위에는 촛불 몇 개가 놓여 있었다.

맨 왼쪽에 있는 가보르는 낡은 진 바지에 웃통을 벗고 검은색 레인저 신발을 신고 있다. 그는 바이올린을 든 채 나를 바라보며 미소를 짓는다. 나는 낡은 커다란 검은색 실크 크레이프 숄로 벗은 몸을 감싼 채 테이블에 앉아 있다. 짧은 바지 차림의 노르마 로즈는 내 무릎 위에 앉아 있다. 노르마의 갈색 곱슬머리가 내 목을 간질인다. 나는 1930년대의 비행사 모자 같은 가죽 모자를 쓰고, 짙은 눈 화장을 하고, 무릎까지 올라오는 검은색 가죽 부츠를 신고 있으며, 테이블 위에는 내 몸을 가렸다 드러 냈다 하는 데 쓰이는 커다란 깃털 부채를 올려놓았다. 나는 미 소를 짓고 있다.

내 뒤에 서 있는 파올로는 멍청한 표정을 짓고 있다. 그 역시 웃통을 벗고 반바지를 입고 있다. 온몸에 가득한 문신 때문에 마치 엄청난 고문을 당한 사람처럼 보인다. 그는 역도 선수처럼 두 팔을 번쩍 치켜든 채, 오른손에는 보드카 병을 들고 있다. 그 는 무척 잘생겼다.

오른쪽에서는 피에르와 피에르가 멜로드라마 풍의 키스를 하 고 있다. 피에르 르 블뢰의 손은 피에르 르 루즈의 반바지 위 성 기가 있는 위치에 놓여 있다. 그들은 짧은 가죽 바지를 입고 머 리에는 은빛 깃털 장식을 달고 있다. 피에르 르 블뢰의 얼굴에 는 마스카라가 흘러내린다. 조명 담당 기사 무슈 X는 피에르 르 루즈에게 손으로 토끼 귀 모양을 해 보인다. 그는 무척 기분이 좋아 보인다.

이 사진을 찍을 때 나는 한 달 전에 죽은 채로 태어난 제쥐를 떠올렸다. 하지만 나는 완벽한 행복의 기억을 간직하고 있다.

나는 결코 이 사진을 보며 슬퍼하지 않을 것이다. 내 몸과 미소 그리고 내 사랑을 슬픔으로 기억하지 않을 것이다.

시간이 흐를수록, 당시의 내가 점점 더 행복하게 느껴졌다.

결국 진정으로 중요한 건 아무것도 없기 때문이다.

그리고 1년 후, 마치 하나의 보상처럼 로메오 파레스가 태어났다. 로메오가 내게 온 것은 황홀하고 멋진 일이었다. 내 안에서 사내아이가 자신에게 전적으로 주어진 자리를 차지하고 조용히 자라났다. 나는 그를 두 팔 벌려 환영했다. 죽지 않고 살아서 태어난, 완벽하게 살아서 태어난 사내아이였다.

나는 살아 있는 아이들이 더 좋다.

나는 또다시 둥글게 부푼 배를 안고 춤을 추었다. 나는 내 침대에서 노르마에게 바짝 몸을 붙이고 자는 것을 좋아했다. 딸아이 몸의 온기를 느끼고, 로메오가 자기 누이에게 응답하듯 가만히 발로 차는 것을 느끼는 것을 좋아했다.

모든 게 다 순조롭게 진행되고 있었다. 나는 병원에서 정기적으로 검사를 받았다. 마리 박사를 다시 만나진 못했지만.

나는 출산 준비반에서 수업도 받았다. 그곳에서는 재미있는 광경이 펼쳐졌다. 조산사들은 강의에 무척 열심이었다. 다리를 벌린 채 자궁 수축을 흉내 내고, 소리를 지르면서 아기를 밀어

내는 것을 흉내 냈다. 여자들은 다정한 엔지니어 남편이나 교수 남편과 함께 와서 조산사들을 따라 자궁 수축을 흉내 냈다. 그리고 아기 이야기를 하면서 바보 같은 질문들을 해댔는데, 시작은 언제나 이랬다. "우스운 질문 같지만⋯⋯."

내 차례가 되어 바닥에 엎드린 자세를 취하면 남자들이 집어삼킬 듯이 나를 바라보곤 했다.

그러다 내가 밀어내기를 흉내 낼 때면 무거운 침묵이 흘렀다. 모두들 어색한 표정을 지었다.

어떤 여자는 두 눈을 동그랗게 뜨고 자기 남편을 쳐다보았다.

가보르는 초음파검사를 구경하고는 엄청나게 감격한 듯 보였다. 그는 내 손을 꼭 잡았다. 내 배 속에서 아주 조그만 아이가 자기 엄지손가락을 빨면서 자신의 삶을 사는 것을 보면서 우리 몸은 행복감에 휩싸였다.

우리는 출산 전에 거의 석 달가량 공연을 쉴 수 있었다. 그리고 우리를 몹시 좋아하는 한 그룹의 가수가 우리에게 파리 13구의 작은 집을 빌려주었다. 가보르는 그의 스튜디오에서 작업을 했고, 우리는 정원에서 식사를 했다. 노르마는 행복으로 빛났다. 우리는 함께 골동품 상점을 구경하고, 파리 곳곳을 찾아다녔으며, 센 강가를 어슬렁거렸다.

우리는 행복했고 서로를 사랑했다. 로메오는 살아 있었고, 노르마는 활기가 넘쳤다.

우리는 거의 정상적인 삶을 살고 있었고, 나는 그 사실이 나를 행복하게 한다는 것을 깨달았다. 나는 모든 것에서 동떨어져 있다는 느낌을 예전보다 적게 받았다. 게다가 거리의 사람들도 예전만큼 나를 이상한 시선으로 바라보지 않았다. 나는 수수한 차림새를 했고, 거의 평범한 엄마와 같은 모습을 하고 있었다.

가보르는 다시 길을 떠나고 싶다고 자주 이야기했다. 하지만 이 작은 사내아이를 세상에 내보낼 시간을 자신에게 허용하기로 했다. 그는 장을 보고 하루 종일 음식을 하면서 노르마가 아주 좋아하는 맛있는 요리들을 개발해냈다.

마침내 해산일이 되었고, 진통이 점점 더 자주 찾아왔다.

가보르는 분만 광경을 지켜보고 싶어하지 않았다. 나도 그러길 바랐다. 그들은 나를 병원으로 데려다 주었고, 나는 있는 힘껏 노르마를 껴안았다. 가보르는 나를 품에 안고 내 눈을 똑바로 바라보았다.

그의 눈은 많은 것을 얘기하고 있었다. 그는 나를 믿었고, 그의 믿음은 나의 가장 큰 힘이었다.

한 조산사가 나를 분만실로 들여보냈다. 강렬한 진통이 시작되었다. 나는 통에다 오줌을 누었고, 그녀는 내 피를 뽑고 질 검사를 했다. 그리고 내게 미소를 지어 보였다.

나는 그들에게 혼자 아기를 낳을 것이며, 가능한 한 오랫동안 혼자 있고 싶다고 얘기했다. 나는 누군가가 나를 판단하고 평가하는 것을 원하지 않았다.

조산사는 그런 나를 무척 이상하게 생각하는 것 같았지만 내 생각에 동의했다.

"사실 우리야 뭐 일도 적어지고 좋죠!" 그녀는 농담처럼 말하며 웃어 보였다.

그리고 어떻게 벨을 울리는지를 알려주었다.

진통이 나를 먼 곳으로 데려갔다. 무아지경, 신비한 춤. 매번 더 강렬해지고, 매번 죽음에 더 가까워졌다.

나는 엎드린 자세를 취하고 있었고, 목에서는 거친 소리가 새어나왔다. 나는 골반을 암사자나 암늑대처럼 흔들었다. 그리고 커다란 공에 걸터앉아 머리를 뒤로 젖힌 채 숨을 몰아쉬었다. 나는 내 몸에 나를 맡겼다. 나는 더 이상 이 세상 사람이 아니었다. 더 이상 느껴지지 않는 고통, 고통 그 이상의 고통에 사로잡혀 진정으로 살아 있는 것도, 진정으로 죽은 것도 아니었다. 나는 내 작은 아이의 몸의 윤곽을 느낄 수 있었고 그를 지지했다. 나는 그의 몸이 내 안에서 만들어내는 모든 것에 동의했고, 그가 이 세상으로 나오도록 격려했다. 그는 내 안에서 살고 있었다.

한 조산사가 나를 살펴보기 위해 얼굴을 살짝 비추었을 때 나는 소리를 질렀다.

"가세요!!! 나를 혼자 놔두라고요!!!"

겁이 났던 모양이었다. 그녀는 내게 오케이, 알았어요, 라고 말하는 것처럼 웃어 보였다. 그렇게 계속해요, 당신은 잘할 수 있을 거예요.

그녀는 무척 다급한 것 같았다.

나는 무아지경 속에서 달려가는 발소리를 들을 수 있었다. 맙소사! 맙소사! 사뮈(SAMU, 응급 의료 구급대─옮긴이)를 불러, 마취과 의사를 불러와!

그리고 그곳에서, 로메오가 밖으로 나오기로 결심한 것을 느낄 수 있었다. 아이의 머리가 그곳을 누르고 있었다. 내 몸이 내게 힘을 주라고 시킨 그곳, 내 배가 아이를 밀어내기 시작한 그곳을.

그 순간, 내가 느낀 것은 오르가슴이었다.

나와 함께 홀로, 내 성기의 아주 작은 곳까지를 어루만지듯 내 질을 가로지르고 있는 아이, 그가 누르는 힘, 이 거대한 수축은 거대한 오르가슴 외에 다른 그 무엇도 아니었다.

내 몸은 쓰나미가 일으킨 파도였다. 나는 오르가슴을 느꼈다.

난 이 느낌이 언제까지나 멈추지 않길 바랐다.

그때 마치 기적처럼 한 간호조무사가 내가 어떻게 하고 있는

153

지 보려고 왔다. 그녀는 실망하지 않았다. 난 그녀의 겁에 질린 눈 속에서 내가 어떤 광경을 제공했는지 알 수 있었다.

1분도 채 안 되어서 모두들 내 주위로 모여들었다. 아기는 완벽한 상태로 내 배 위에 놓여 있었다. 나는 또 다른 여자였다. 순수한 행복, 중독성 강한 마약이었다.

내 몸은 모든 것의 위에서 둥둥 떠다녔다. 내 감각은 아기로 인해 여전히 마비되어 있었다. 아무 소리도 들리지 않았고, 앞이 흐릿하게 보였다.

나는 순수한 쾌락 속으로 영영 사라져버렸다.

나는 감히 가보르에게 그 얘기를 할 엄두가 나지 않았다. 게다가 다른 어디서도 그 얘기를 할 생각을 하지 못했다. 나는 아이를 낳으면서 오르가슴을 느껴도 되는지 자문해보았다.

로메오의 살결은 황홀할 정도로 부드러웠고, 난 그 아이의 피부를 지칠 줄 모르고 만지고 또 만졌다. 아이의 모든 욕구, 특히 내 젖을 빨고자 하는 욕구는 나를 기쁨으로 넘쳐나게 했다. 나는 아이를 하루 종일 품에 꼭 안고 어루만지면서 이야기를 들려주었다.

노르마도 동생에게 더없이 다정하게 굴었다. 나는 마치 한배의 새끼 사자들을 데리고 있는 어미 사자 같았다. 그들을 지키기 위해서라면 내 손으로, 심지어 이빨로 물어뜯어서 죽일 수도 있을 것 같았다.

로메오는 활기차게 젖을 빨았고, 우리는 한 몸이 되었다. 노르마도 때때로 와서 어린 남동생과 젖을 나누어 먹었다. 나는 기꺼이 그들에게 양식을 나누어주었다.

아이들은 내게 행복감을 안겨주었다.

아이들의 손, 그들의 발, 그들의 입, 빠르게 뛰는 그들의 심장, 그들의 둥근 배, 실크처럼 부드러우며 곱슬곱슬한 그들의 머리카락, 가냘프지만 또렷한 윤곽의 어깨, 그들의 향기, 그들이 내는 작은 소리들.

우리는 두 달 후 다시 길을 떠났다. 이번에는 햇빛을 따라가기 위해 스페인으로 향했다. 가보르는 스스로를 세상에서 가장 자랑스러운 남자로 여겼다. 양쪽 팔에 두 아이를 안고 으스대며 걸었고, 아이들에게 수시로 뽀뽀를 해댔다.

나는 곧바로 무대에 오르지 않았다. 엄마로서의 행복감을 더 오래도록 맛보고 싶었다. 또한 내 몸은 순결함과 은밀함을 요구하고 있었다. 거의 1년간 남자들은 나 없이 무대에 올랐다.

나는 사랑스러운 두 아이와 함께 가보르가 돌아오기를 기다렸다. 아이들은 내게 몸을 바짝 붙이고 있었다.

우리는 서로를 사랑했다.

그리고 다시 예전과 같은 생활이 시작되었다. 콘서트, 새로운 곳으로 떠나기. 아이들은 잘 자라주었다. 로메오는 농담에 익숙한 유쾌하고 활기찬 사내아이였다. 그 애는 나와 내 몸과 아주 가까웠고, 우린 언제나 함께 잤다. 로메오는 내 침대 위로 올라와 내 배에 머리를 얹고는 자기 엄지손가락을 빨며 잠들곤 했다. 나는 그의 곱슬머리를 쓰다듬어주었다.

피에르와 피에르가 죽었을 때 노르마 마리아 로즈는 다섯 살이었다. 그 아이는 지금까지 거의 대부분의 시간을 길 위에서 보냈다. 그 애는 말이 없는 신비스러운 소녀로 자라났다. 말을 거의 하지 않는 대신, 내 눈을 닮은 커다랗고 푸른 눈으로 모든 것을 관찰했다. 우리도 노르마에게 말을 거의 하지 않았다. 가보르는 여전히 언제나 파올로와 함께 연주를 했다. 나는 노르마를 어루만지고 품에 안고 입을 맞추면서 눈을 똑바로 바라보고 그녀를 관찰했다.

노르마는 자기 아버지를 닮아 키가 크고 날씬했으며, 캐러멜빛을 띤 갈색 머리에 누구나 다 주목하는 우아한 매력을 지니고 있었다. 목덜미는 가냘프고 손의 움직임은 조화롭고 섬세했으며, 우린 종종 자기만의 세상에서 흥얼거리며 춤을 추는 그녀를 발견하곤 했다.

노르마는 조용하고 부드러우며 늘 꿈을 꾸는 어린 소녀였다.

그녀의 '총잡이 아저씨들'인 피에르와 피에르를 누구보다 잘 이해한 것도 바로 그녀였다.

"엄마, 피에르 르 루즈 아저씨가 아픈 것 같아요." 노르마가 내게 말했다.

나는 이렇게 대답했다.

"아니야, 우리 공주님, 그런 말을 하면 안 돼. 아저씬 아주 건강하단다."

"엄마, 아저씨들은 정말로 많이 아파요. 이제 곧 죽을 거라고요. 난 알아요. 그래서 엄마가 슬퍼할 거라는 것도요. 하지만 엄마 슬퍼하면 안 돼요. 죽는 게 더 낫거든요."

"노르마, 아가야, 그런 말을 하면 안 되는 거란다. 아저씨들은 아주 건강해. 우린 모두 함께 오래도록 아주 행복하게 살 거야."

어떻게 나는 그런 이야기를 무심하게 넘길 수 있었을까? 피에르는 노르마에게 작별인사를 했다. 그는 그녀에게 모든 것을 이야기했다. 그것은 그 자신에게보다 그녀에게 훨씬 더 슬픈 일이었을 것이다! 그는 노르마에게 미리 알리지 않은 채로 그녀를 떠나고 싶지는 않았다.

그리고 노르마는 죽는 게 더 낫다는 것을 이해했다.

우리는 자동차 사고와 한 통의 편지만을 전달받았을 뿐이다.

그와 더불어 세상의 끝을.

11호실에서는
한 여성이 임신을
부정하고 있었다

하지만 지금 그곳에는 아기가 있다. 아주 젊은 이 여성은 닷새 전 임신중절 수술을 위한 가족계획 프로그램을 신청해둔 터였다. 임신중절 수술은 유산을 좀 더 고상하게 표현하는 말이다.

그녀는 고작 몇 주 정도 되었을 거라고 생각하고 있을 때 아기가 곧 태어날 거라는 통고를 받았다. 하지만 배도 거의 부르지 않았고, 아기의 발차기 때문에 밤에 잠을 설친 적도 전혀 없었다.

나는 그녀가 얼마나 충격을 받았을지 충분히 짐작할 수 있다.

"부인, 해산하실 때까지 병원에 계셔야 합니다."

"하지만 말도 안 돼요, 오후에 쇼핑하러 가야 한단 말예요!"

"부인은 곧 출산할 겁니다."

"그런 게 어디 있어요, 난 임신을 하지도 않았다고요. 당신들이 잘못 안 거예요!"

"부인, 심리학자를 한번 만나보시는 게 좋겠어요."

"정말 미친 거 아니에요? 난 이제 겨우 열아홉 살이라고요! 아이 같은 건 원하지 않아요. 내가 임신한 거라면 진작 알았을 거라고요!"

"하지만 부인은 생리하지 않은 지 36주나 됐어요. 이미 임신 중절을 할 수 있는 법적 시기를 훨씬 지났다고요."

"절대 그럴 리가 없어요. 난 여전히 생리를 하고 있다고요. 난 이 아이를 원하지 않아요."

"……."

"그런데 아기가 아들인지 딸인지 말해주실 수 있나요?"

그리고 그레구아르가 태어났다. 출생 시 몸무게가 2.46킬로그램에 불과한 조그만 아기였다. 엄마는 아이에게 아빠를 되찾아주었다.

내가 병실에 들어갔을 때 산모는 소지품을 정리하던 중이었다. 그녀의 아기는 침대에서 잠을 자고 있었다.

"안녕하세요, 부인. 전 베아트리스예요. 신생아실 간호조무사죠. 좀 어떠세요?"

"아! 마침 잘 오셨네요. 그레구아르를 인큐베이터에 넣을 수 있을까요? 손이 너무 차가워서 그래요. 이상하게도 아기 몸이 계속 차가운 것 같아요. 몸을 덥힐 수 있도록 아기를 인큐베이터에 넣어야 해요. 그래야 얼른 몸무게도 늘 거고……."

"부인, 아기에게 가장 좋은 인큐베이터는 바로 부인이랍니다. 아기가 추워하는 것 같으면 엄마 품에 꼭 안아주면 따뜻해할 거예요."

"그래요? 하지만 인큐베이터가 좀 더 빠르지 않을까요?"

"그렇지 않아요. 정말이에요. 아기 안는 걸 도와드릴까요?"

"네, 고마워요. 근데 안아주기에는 아기가 너무 작지 않나요?"

"아뇨, 완벽해요."

"침대에 누울까요? 윗도리를 벗을까요?"

"네."

그사이 난 아기 옷을 벗겼다.

침대에 누운 산모의 몸은 어린 처녀의 몸과 다를 바 없다. 얼마 전에 아이를 낳은 몸이라고는 믿기 힘들다. 그녀는 아기를 안으려고 애쓰지만 아주아주 서툴다. 그리고 마침내 내가 하는 대로 자신을 내맡긴다.

나는 여전히 잠에서 깨지 않고 있는 아주 작은 아기를 엄마의 양 젖가슴 사이에 눕힌다. 그리고 두 사람을 시트로 잘 감싸서 서로의 몸이 꼭 붙게 한다.

엄마는 아무 말도 하지 않는다.

미동도 하지 않는다.

갑자기 그녀의 몸에서 커다란 흐느낌이 터져 나온다.

굵은 눈물방울이 그녀의 뺨으로 흘러내려 조그만 아기의 머리 위로 뚝뚝 떨어진다. 그녀가 울고 있다. 그러면서 간간이 웃기도 한다.

그녀는 그 순간, 내가 지켜보는 앞에서 깨닫는다.

그녀의 몸 위에 아기를 올려놓은 것은 나였다. 그리고 그녀는 웃고 울고 있다. 나는 아기와 사랑에 빠진 그녀를 지켜보고 있다.

마치 어딘가에서 온 새로운 색깔이, 내가 어린 시절에 보았던 무지개의 쪽빛이 온 방 안을 물들이는 듯하다.

그녀의 얼굴도 아기도 모두 쪽빛으로 물들고, 병원의 벽들도 쪽빛이며, 내 손과 팔과 머리카락도 점차 쪽빛으로 물든다.

새로운 색깔이 내 눈앞에서 줄줄 넘쳐흐르고 있다.

그러자 내 눈에서 갑자기 쪽빛 눈물이 솟구친다. 나는 잠시 그녀와 함께 울고 있다. 내가 목격한 것은 엄마의 탄생이다. 그건 어쩌면 아이의 탄생보다 더 감동적인 것이 아닐까.

내 눈앞에서 펼쳐지는 광경은 세상의 모든 종교화에 묘사된 광경만큼이나 경건한 것이다. 기적이란 바로 이런 것이 아닐까.

우리 두 여자를 위한, 오직 우리들만을 위한.

이제 그녀는 내 눈을 바라본다. 나는 이해할 수 있다. 그녀가 느끼는 수치심과 죄의식을. 나는 마음속 깊은 곳으로부터 그 모든 것을 이해할 수 있다.

심지어, 이 순간 나는 그녀와 똑같은 것을 느끼고 있다고 믿는다.

잠시 눈을 감고, 모든 것이 쪽빛으로 물든 이 병실을 떠올려보라.

눈물을 흘리는 서툰 두 여자를 위해, 폭풍우 같은 강력한 힘으로 신이 존재하지 않는 기적이 일어나고 있는 이 병실을. 눈을 감아보시라.

이제 눈을 뜨기를.

"풋, 임신을 부정하다니, 솔직히 난 그런 말 못 믿겠어. 그 여자애가 남자 발목을 잡으려고 했던 게 분명해. 새빨간 거짓말이라고. 남자 몰래 임신을 한 거라고. 그런 거라니까."

"하지만 생리를 계속했다고 그랬거든."

"그래? 하지만 직접 확인해본 것도 아니잖아, 안 그래? 근데 불 좀 켜. 아무것도 안 보여."

"그 여잔 중절 수술을 받으러 왔었어. 자기가 임신했다는 걸 분명히 알고 있었다고."

"어쩌면 가족계획 상담을 받을 때 그들이 자기 배가 얼마나 부른지 잘 모르길 바랐나 보지. 누가 창문 좀 닫아줘. 춥네."

"있잖아, 세상에는 정말 무서운 사람들이 많다니까."

"난 그 여자가 아이랑 그냥 가게 놔두면 안 된다고 생각해. 어쩌면 아이를 죽일지도 몰라. 누구 커피 가진 사람?"

"그래, 맞아. 예전에 아이를 몇이나 죽인 여자가 있었지? 그런데 맨날 똑같은 사람만 커피를 가져와야 한다니, 이건 좀 너무한 거 아니냐고."

"맞아. 그 여자를 뭘 보고 믿을 수 있겠어? 한 번은 속을 수 있지만, 두 번, 세 번, 네 번 계속 속을 수는 없지."

"그리고 아이도 생각해야지. 완전히 미치지 않고서야 어떻게 자기가 임신했다는 걸 모를 수가 있겠냐고. 지난번엔 닥터 밀이 내 빵을 다 먹어버렸다니까!"

"난 임신했을 때마다 내가 임신한 걸 곧바로 알았어. 심지어 아들인지 딸인지도 구분할 수 있을 정도였다고."

"맞아, 나도 그랬어. 나도 내가 임신했다는 걸 초기부터 알고 있었어. 어떻게 그러지 않을 수가 있겠어. 그 여잔 무슨 꿍꿍이 속이 있는 게 분명하다니까."

나는 그들의 말을 들으면서 아무 말도 하지 않는다. 분홍색 간호사복 속에 꼭꼭 감춰둔, 쪽빛으로 물든 내 몸을 아무도 보지 못하기를 바라면서.

그 순간, 간호사복이 내 몸에 딱 달라붙어서 나를 마구 찌르는 것 같았다.

나는 또다시 학교 입구에서 완벽한 간식을 싸가지고 온 엄마들에게 둘러싸인 채 모두의 시선을 한 몸에 받는 것 같은 느낌이 들었다.

이런 상황이 닥칠 때마다 삶은 내게 소리친다. 나는 어디에서도 결코 내 자리를 찾을 수 없을 거라고. 그리고 내 안의 모든 것이 침묵한다.

삶 속에서 자기 자리를 찾아야 한다, 동맹자들을 찾아야 한다, 당신을 닮은 사람들을 찾아야 한다. 따라서 틀 속에 들어가지 않는 내 살과 내 영혼의 조각들을 잘라내고, 넘치는 모든 것들을 죽여 없애야 한다.

나는 메릴린 먼로가 아니다. 다시 '정상'으로 돌아가야 한다. 내 주위의 사람들처럼.

그래서 나는 침묵한다. 그렇다. 나는 그 여자를 옹호하지 않는다.

그건 곧 그녀를 죽이는 것과 같은 것이다.

그리고 그녀를 죽이면서 나 자신도 죽인다. 쪽빛을 부인한다.

그것을 내 기억 속에서 지워버린다.

베아트리스,
파올로,
가보르,

여러분이 이 편지를 읽을 무렵에는 우린 죽어 있을 겁니다. 마침내.

여러분도 알다시피 틈만 나면 나를 속였던 피에르는 결국 에이즈에 걸렸습니다. 그리고 당연하게도 나에게 그것을 옮겨주었지요.

우린 보름 전에 그 사실을 알게 되었습니다. 그리고 내 결심은 확고하게 섰습니다. 피에르의 바이러스 수치가 아주 높아졌기 때문입니다. 나는 그가 병이 들어, 내가 무엇보다 사랑하는 그의 육체가, 내 쌍둥이나 다름없는 그가 내 눈앞에서 조금씩 망가져 가는 것을 더 이상 지켜볼 수가 없습니다. 그건 곧 매일 나 자신을 조금씩 더 고문하는 것이며, 그가 매 순간 고통 속에서 살아가는 것을 지켜보면서 매 순간 내 고통을 살아내는 것과 같으니까요.

　나는 그 일을 해줄 플라타너스 나무를 알고 있습니다. 베아트리스, 당신은 정말 소중한 사람입니다. 당신이 아름다운 두 천사를 세상에 나오게 했다는 것을 결코 잊지 말아요. 파올로, 차에 대해서는 미안하다는 말을 꼭 하고 싶습니다. 가보르, 울지 말아요. 부디 우리를 위해 바이올린을 연주해줘요. 우리가 가는 길에 당신 음악이 함께해준다면 지옥에서도 우린 행복할 수 있을 것 같습니다. 그곳에서는 코카인이 맛있었으면 좋겠군요. 젊은 남자들은 천국에 간다니까 그곳에서 나는 내 사랑 피에르와 영원히 함께할 것입니다. 우리 가족에게는 부디 사고였다고 말해주십시오. 우리 의상들은 창녀들에게 나눠주십시오. 그대들을 사랑합니다. 안녕히.

피에르

　그들의 시신은 파올로의 차 속에서 온몸이 부러진 채로 발견되었다.

　우린 플라타너스 나무 아래에 꽃을 갖다 놓았다.

　가보르는 밤새 바이올린을 연주했고, 온몸으로 흐느꼈다.

그의 바이올린 소리에는 한없는 슬픔이 깃들어 있었다. 너무나 구슬퍼서 그들이 지옥과 천국에서도 듣지 않을 수 없을 것 같았다.

노르마는 아주 어린 동생에게 무슨 일이 일어났는지를 설명하느라 몇 시간을 낑낑거렸다. 그녀는 모든 걸 알고 있었으며, 이러는 편이 모두에게 더 나은 거라고 얘기했다. 로메오 파레스는 누나의 말을 듣지 않았다.

그리고 그때부터 사는 게 아주 힘들어지기 시작했다.

부서에는
내가 아주 좋아하는
조산사가 있다

그녀의 이름은 프란체스카다. 우린 거의 친구 사이라고 말할 수 있다. 나는 처음 본 순간부터 그녀에게 호감을 느꼈다. 그녀에게서는 어떤 기품 같은 것이 느껴진다. 우선 그녀는 키가 크다. 그리고 무척 아름답다. 이제 곧 쉰 살을 앞두고 있고, 눈빛이 단호해 보이지만 좀 더 가까이서 보면 무척 슬퍼 보이기도 한다.

그녀는 30년 전 한 남자에 대한 사랑 때문에 브라질에서 프랑스로 와 조산사 과정을 공부했다. 그 후 많은 남자들과 사랑을 나눴다. 잿빛 머리가 드문드문 섞인 짙은 갈색의 곱슬머리가 그녀의 얼굴을 둘러싸고 있고, 눈은 반짝반짝 빛나는 석탄처럼 새

까맣다. 그녀는 종종 알록달록한 머리띠와 기다란 귀고리를 하고 다닌다. 프란체스카는 미소가 참으로 아름다운 여성이다. 그녀는 불의와 위선을 참지 못한다.

그녀는 결코 침묵하지 않는다.

그러다 보니 그녀는 화가 나 있는 경우가 대부분이다. 그녀는 분노가 치밀 때면 눈빛이 어두워지면서, 시선은 자신의 슬리퍼를 향한다. 그러다 고개를 들면 세상 전체에 폭풍우가 몰아치기 시작한다. 이 여자는 폭풍우 같은 에너지와 색깔을 지니고 있다.

병원에서는 의례적으로 열리는 '전달'이라는 시간이 있다. 병원의 여러 팀이 한데 모여 각 병실에서 일어나는 일들을 서로 이야기하는 시간을 가리킨다.

대개는 대여섯 명씩 모이지만, 어떤 날에는 관리직들과 의사들 그리고 실습생들까지도 함께 모일 때가 있다. 그럴 때는 참석자가 열다섯 명에 이르기도 한다.

모임은 대부분 외설스러운 이야기들과 속내를 털어놓는 시간으로 변질되기 십상이다. 근무 중에 진이 빠지고 신경이 날카로워진 간호사들은 수시로 이전 근무 조나 근무를 게을리한 동료에게 핀잔을 주며 화풀이한다. 이 시간에는 그들의 눈에 비친 각 병실 여자들의 삶이 낱낱이 까발려진다. 그들은 환자라는 직업이 최고라며 여자들에 대해 입방아를 찧는다(환자들은 여성

심리학자나 여의사를 알 수 없는 이상한 말을 하는 미친 사람쯤으로 취급하기도 한다). 늘 불평불만을 늘어놓는 여자들은 '요주의' 인물들로 분류되는 골칫거리들이다.

아랍 여성들은 '지중해 신드롬'을 가지고 있다(그들은 다른 여자들보다 훨씬 더 불평을 많이 한다). 아시아 여성들은 아기에게 젖을 물릴 줄 모른다. 닥터 밀이 그 자리에 있을 경우에는, 모든 아랫사람들에게 소리를 지르고, 성공적인 수유에 관한 법칙을 거듭 얘기하면서 우리가 입을 채 열기도 전에 불같이 화를 내며 우리 손에서 진료 기록을 빼앗는다. 그 광경을 보고 새로 온 간호사들은 잔뜩 겁을 집어먹는다.

전달 시간에는 힘겨루기, 도발과 같은 파워 게임이 벌어지기도 한다. 누군가 문을 쾅 닫고 방을 떠나야 한다면, 이때가 바로 그때다. 동료를 깔아뭉개기 위해서는, 그에게 말을 걸지 않거나 그의 말을 무조건 반박하면 된다. 의사가 조산사나 간호사의 일에 공개적으로 불만을 표명하고자 할 때에도 전달 시간에 얘기한다. 진료 기록을 읽지 않은 누군가를 몰아붙이려면 공개적으로 비판한다. 그게 더 효과적이기 때문이다.

그야말로 난장판이다.

의료팀의 불편한 진실이 드러나는 아수라장.

추잡한 진흙탕.

늘 이런 식이다.

하지만 프란체스카가 있을 때는 사태가 더 심각해진다. 그녀는 아무것도 그냥 넘기지 않는다. 절대 침묵하지 않고, 잘못을 꼬집어 말하고, 상대방의 말을 가로막는다. 그녀는 머리를 꼿꼿이 들고 자신을 변호하기도 한다.

그녀는 진료 기록을 꺼내 들고 독설을 퍼붓는 것을 서슴지 않는다.

"말은 바로 해야죠. 이 진료 기록에 적힌 대로 분만이 진행되었다면, 그쪽이 그렇게 불평할 계제가 아닌 것 같은데요? 내가 보기에 이 부인은 요주의 대상이 아니라 모르핀을 놔줘야 할 환자라고요."

난 마음속으로 미소를 짓는다. 고마워, 프란체스카.

올곧은 성격의 프란체스카는 결코 쑥덕공론이나 험담에 휘말리지 않는다. 다행스럽게도 병원에는 그녀 같은 사람들도 있다. 그들에게 훈장이라도 수여해야 할 것이다.

우리는 일이 끝나고 종종 수다를 떨었고, 맥주를 마시면서 친구가 되었다.

내 광기조차 그녀를 두렵게 하지 않는다. 다만 호기심을 안겨줄 뿐이다.

그녀가 내게 말한다는 사실, 진정으로 이야기한다는 사실, 집시와 여장 남자 커플, 아이의 탄생, 욕망, 강렬한 느낌들에 관해 함께 이야기할 수 있다는 사실은 내겐 축복과도 같은 일이다. 그녀는 나와 같은 세상을 살고 있지 않았다. 그녀는 나와는 전혀 달랐다. 나는 세상을 그저 수동적으로 살아낼 뿐이지만, 그녀는 세상을 바꾸고자 한다. 하지만 그녀는 내 말을 들어줄 줄 안다. 그건 아주 소중한 것이다. 참으로 소중한 것이다.

다음 날 일하러 가야 한다는 생각을 견디게 해주는 것 중 하나는 프란체스카와 함께 일한다는 것이다. 그녀의 에너지는 내게 '사랑의 카바레'의 에너지를 떠올리게 한다. 그녀는 내게 브라질 카니발의 열기에 대해 이야기해주고, 나는 거리에서 거의 알몸으로 춤추는 여인들을 사랑한다고 얘기한다. 우리는 함께 웃음을 터뜨린다. 프란체스카가 우리와 함께 순회공연을 떠났으면 좋았을 것 같다. 그녀는 손뼉을 치면서 리듬에 맞춰 살사춤을 추며 휘파람을 분다. 그녀에게서는 좋은 향기가 난다. 그녀가 나지막하면서 약간 쉰 목소리로 포르투갈어 노래를 흥얼거리면 차가운 방 안이 환해진다.

내가 그녀에게 무엇보다 감탄하는 것은 그녀가 자기 자리를 잘 알고 있다는 사실이다. 그녀는 자신의 위치와 일에 대해 확신을 갖고 현실에 굳건히 뿌리를 내리고 있다. 그러면서 내게도 아주 소중한 자리를 남겨주었다. 밖으로는 내 이름이, 안으로는

나 자신이 새겨진 자리, 아무도 실망시키지 않고 내가 차지할
수 있는 자리를.

　따라서 당연히, 그 아기가 죽었을 때, 거의 모든 이들이 프란
체스카를 비난하고 그로 인해 그녀가 명백하게 부당한 일들을
겪어야 했을 때 난 참을 수가 없었다.
　그런 일이 얼마든지 일어날 수 있다는 것을 모두가 알고 있
다. 따라서 그 누구에게도 어떤 책임을 물어서는 안 되는 것이
다. 그런데 그녀가 분만을 책임지고 있었기 때문에, 다른 이들
에게는 그녀에게 책임을 묻고, 아기의 죽음에 대해 죄책감을 느
끼게 할 수 있는 절호의 기회였다.
　바로 그때부터 난 진정으로 불안감을 느끼기 시작했다.
　나는 약국에서 스스로 진정제 주사를 놓기 시작했다. 아기를
품에 안고 있을 때는 두려움이 엄습했다.
　나 역시 언젠가는 책임을 져야 하고, 누군가의 죽음에 죄책감
을 느껴야만 할 터였다.
　아기의 시신 모습이 나를 따라다니기 시작했다. 시신의 피부
빛깔, 정지된 시선. 영혼이 비어버린 육체.
　움직임도 온기도 없이 포동포동한 조그만 몸이 경직되어가는
것을 지켜봐야만 한다. 마치 밀랍으로 만든 인형처럼 변해가는

몸을. 나는 머릿속에서 그런 생각을 떨쳐버릴 수가 없었다.

나는 죽음을 견딜 수가 없다.

12호실에서는
엄마가 아기와 대화를
하고 있다

아이는 밤중에 태어났다. 그녀는 아기를 품에 안고 바라보고 있다. 아기는 눈을 크게 뜨고 가끔씩 얼굴을 찡그리며 손을 꼼지락거린다.

아기가 엄마에게 이야기하면, 엄마는 높은 톤의 매우 다정한 목소리로 아기에게 대답한다. 나도 모르게 미소가 지어지는 광경이다. 난 아기들이 말할 때 엄마가 귀를 기울이는 모습을 보는 게 정말 좋다. 마치 마법 같은 광경이다. 한 세상과 다른 한 세상이 서로 대화를 하는 것이다.

"아기가 정말 예쁘죠?"

부인은 내게 환한 미소로 답한다. 행복이 멀리까지 퍼져 나가는 것 같다.

나도 환한 미소로써 응답한다.

아기는 그녀의 첫아이다. 그래서 그녀는 혼자 기저귀 가는 것을 불안해한다. 나는 그녀를 도와주겠다고 한다.

그녀가 내게 아이를 건네주고 나는 아이를 기저귀대 위에 눕힌다.

엄마에게서 떨어진 아이가 울음을 터뜨린다. 아마도 지금 있는 자리에 그냥 놔둔 채 기저귀를 가는 게 나을지도 모르겠다. 하지만 지금 엄마를 돕지 않으면 그녀는 한 시간 후에 다시 나를 호출할 게 분명하다. 그때는 그녀를 도울 수가 없다.

옷을 벗기는 순간 아기가 양수를 토해낸다. 아기를 닦으려고 할 때 무언가가 잘못된 것 같다는 느낌이 들었다. 이상하게 몸을 떨던 아기가 입을 꼭 다문 채 몸을 뒤로 젖힌다. 그리고 전혀 숨을 쉬지 못하면서 입술 색이 새파랗게 변한다.

나는 아기를 똑바로 세운 채 등을 두드린다.

하지만 아무것도 달라지지 않는다.

엄마는 불안해하고 나는 냉정함을 유지하고자 애쓴다.

아기의 몸이 자주색으로 변하기 시작한다. 아기는 여전히 숨을 쉬지 않는다. 내 손이 마구 떨려온다. 다리가 후들거린다. 목에 개미들이 기어가는 것 같다. 얼굴이 벌게지면서 땀이 흐른다. 하지만 아주 찰나의 시간이 흘렀을 뿐이다.

아기는 더 이상 숨을 쉬지 않는다.

"부인." 난 최대한 차분하게 말한다. "걱정하지 마세요. 이런 일이 종종 있으니까요. 아기를 데리고 가서 막힌 코를 뚫도록 할게요. 그럼 금방 괜찮아질 거예요."

나는 여전히 숨을 쉬지 않고 있는 아기를 품에 안고 복도로 내달린다. 이 위기를 넘기게 해줄 누군가를 찾고 있다.

하지만 아무도 보이지 않는다.

아기의 몸에서 생기가 느껴지지 않는다.

나는 아이의 몸을 문지르고 말을 걸면서 분만실로 향하는 두 개 층의 계단을 뛰어 내려갔다. 허겁지겁, 나 역시 숨이 멎다시피 한 채로.

계단 아래에 이르자 아기가 기침하면서 커다랗게 숨을 내쉬고는 울음을 터뜨린다. 나는 다리가 후들거린다.

분만실에 이르러 소리쳐 여자들을 부른다! 누가 좀 도와줘요! 조산사 둘이 내게서 아기를 빼앗는다. 아기는 얼굴이 잿빛으로 변했지만 숨을 쉬고 있다. 이제는 살았다. 조산사들은 아기의 콧속에 관을 집어넣어 호흡을 방해하는 것들을 빼낸다. 아기의 얼굴이 다시 발그레해진다.

그리고 우렁차게 울음을 터뜨린다.

아마도 내 얼굴이 시체처럼 창백한 듯 조산사들이 내게 물이라도 마시지 않겠느냐고 묻는다. 아니, 먼저 엄마에게 아기가 괜찮다고 말하러 가야 한다.

엄마는 병실에서 불안해하며 나를 기다린다. 분만실에서 아기를 다시 그녀에게로 데려다 준다. 동료들은 이미 또 다른 일로 분주하게 움직이고 있다.

이제 난 집으로 돌아가야 한다. 머리부터 발끝까지 벌벌 떨리면서 두려움이 온몸을 엄습한다. 나는 화장실로 달려가서 몸속의 모든 것을 비워낸다.

숨을 내쉬려 하지만 그것마저 잘 되지 않는다. 손까지 땀으로 축축하게 젖어 있다. 벌써부터 인사과로 달려가는 상상을 해본다. 과장님, 이만 퇴근해야 할 것 같아요. 너무 무섭고 아파서요. 하지만 그랬다가는 미친 여자 취급을 받기 십상이고, 아무도 더 이상 나를 신뢰하지 않을 것이다. 그러면 나는 직장을 잃을 것이다.

이곳은 내게 불편하지만 소중한 일터다. 두 아이를 홀로 키워야 하는 나로서는 선택의 여지가 없다.

나는 그런 내가 싫다.

더 이상 이 일을 견뎌내기가 힘들다.

"자기, 오늘 아침에 식겁했다면서?"

"아뇨, 괜찮아요. 아기가 큰일 날 뻔했죠."

"분만실 여자들이 아긴 아무 문제 없었다고 그러던데. 자기가 아무 일도 아닌 걸 가지고 괜히 겁먹은 거라면서."

"아긴 제가 분만실에 도착하기 직전에 간신히 다시 숨을 쉬었어요. 그때까지 얼굴이 새파랗게 변해서는 숨도 못 쉬었다고요."

"어쨌거나, 별것 아닌 걸로 엄마들을 걱정시켜서는 안 되는 거야. 물론 가끔 당황스러울 때도 있지만, 아기가 토할 때마다 분만실로 달려가는 건 곤란하지 않겠어?"

"전 제가 판단할 때 최선이라고 생각한 것을 했을 뿐이에요. 지체할 시간이 없었다고요. 그리고 여긴 아무도 없었어요, 도와줄 사람이."

"왜 나를 호출하지 않은 거야? 어쨌거나 이 케이크 좀 먹어."

"제가 정말 쓸데없이 내려간 거라고 생각하세요? 아기 상태가 정말 안 좋았단 말이에요. 전 팀장님이 주는 케이크 같은 거 먹고 싶지 않아요!"

"자긴 겁에 질려 있어. 그건 좋은 게 아니야. 괜히 다른 사람

들까지 걱정하게 하잖아. 그리고 그렇게 예민하게 반응할 필요
는 더더욱 없고."

"전…… 전 담배나 한 대 피우고 싶은 생각뿐이에요."

나는 엘리베이터 안에서 울음을 속으로 삼켰다.

힘겹게.

나는 해야 하는 일을 했을 뿐이다. 그건 자신 있게 말할 수 있
다. 그리고 생각해보라. 그때 만약 내가 아무것도 하지 않았더라
면……? 어쨌거나 아기들을 소생시키는 건 내 소관이 아니다.

그건 내 책임이 아닌 것이다.

나는 정말로 외롭다.

나는 직장에서도 혼자고, 삶에서도 혼자다. 이 세상에서도 언
제나 혼자다.

나는 가보르를 위해, 춤을 추고 음악을 들으며 살았어야 했다.

그리고 길 위의 삶을 살도록 운명 지어졌다.

그런데 이렇게 꽉 끼는 간호사복을 입고 지내야 한다니. 그리
고 저 작달막한 조산사 팀장의 무릎을 걷어차지 못하게 하는 이
놈의 위계가 정말 싫다.

프란체스카가 보고 싶다.

프란체스카는
즉석에서
해고당했다

좀 더 정확히 말하면, 비극이 있고 그다음 날 해고되었다.

아이는 엄마의 몸 위에서 죽었다. 살과 살을 맞댄 채.

프란체스카는 부주의로 인한 비난을 면치 못했다.

분만 자체는 아주 잘 진행되었다. 사내아이는 아주 빨리, 매우 건강하게 태어났다.

프란체스카는 회음 봉합을 해야 했다. 그녀는 바늘과 실로 산모의 혹사당한 회음을 다시 꿰매는 동안 아기를 엄마 몸 위에 올려놓았다.

프란체스카는 자기가 하는 일에 집중했다. 절개 부위에서는 피가 많이 흘렀고, 봉합은 쉬운 일이 아니었다.

마침내 그녀가 고개를 들었을 때, 아기는 새하얗게, 아주 새하얗게 변한 채 죽어 있었다. 해산하느라 기진맥진한 엄마는 아무것도 보지 못했지만 프란체스카의 눈빛을 보고 무슨 일이 일어났음을 직감할 수 있었다.

그리고 그녀 역시 깨달았다.

그녀는 비명을 지르면서 두 발로 프란체스카를 벽 쪽으로 세게 밀어버렸다. 프란체스카는 세차게 바닥으로 넘어졌다.

모든 팀원들이 부리나케 달려왔다. 프란체스카는 짐승처럼 외마디 비명을 지르며 아기를 품에 꼭 안고 있는 엄마로부터 아이를 떼어낼 수가 없었다.

프란체스카는 응급 구호용 카트를 꽉 붙잡은 채 그 자리에 굳어 있었다(그녀는 이로 인해 팀으로부터 엄청난 질책을 받았다).

의사는 아기를 붙잡아 빼앗다시피 해서는 소생술을 시도했다. 사방에 관을 꽂고 심장마사지를 했다.

응급 의료 구급대가 도착했을 때는 이미 늦어버린 뒤였다. 더 이상은 아무것도 할 수 없었다.

병원에서는 그녀를 해고했다.

프란체스카는 가족이 있는 포르투갈로 떠나서는 그 후 단 한 번도 소식을 전하지 않았다.

영영 사라져버린 것이다.

직원 대표들이 그녀를 열렬히 옹호했지만, 병원의 파워 게임에서 비롯된 반대파들을 이길 수는 없었다. 그것은 평소 눈엣가시 같았던 그녀를 쫓아낼 절호의 기회였다. 프란체스카는 최근에도 병원의 잘못된 운영과 불완전한 진료 기록 등의 문제를 지적하며 나서지 말아야 할 일에 나섰던 것이다.

그 후 몇 주일 동안 온 병원이 둘로 갈라져 그 얘기를 도마 위에 올려놓고 열을 올렸다. 많은 사람이 프란체스카를 두둔했지만, 해고가 정당하다고 생각한 사람들은 몹시 신랄한 비난을 쏟아냈다.

나는 프란체스카의 휴대폰으로 전화를 걸어 메시지를 남겼지만 그녀는 결코 응답하지 않았다. 그녀가 어떤 슬픔을 겪고 있을지 생각할 때마다 미칠 것만 같았다. 인사과에서 들려온 몇몇 정보에 의하면, 그녀는 포르투갈에 있으며 몹시 힘들게 지내는 듯했다.

나는 죽음과 직면한 그녀 입장이 되어 뜬눈으로 밤을 지새우곤 했다. 그녀로서는 이제 조산사라는 직업도 삶도 모두 위기에 처해 있었다. 지금쯤 그토록 자주 입바른 말을 했던 것을 후회하고 있지는 않을까? 아니면 분노로 미칠 것만 같은 마음일까? 그들은 그토록 활기 넘치던 그녀를 마침내 쓰러뜨리고 만 것일까?

휴게실에서 동료들이 그녀를 도마 위에 올려놓고 마구 씹어 대면서, 이런 일은 아무한테나 일어나는 게 아니야, 그 여잔 자기가 뭐든지 옳다고 생각했잖아, 그러더니 꼴좋게 됐지 뭐, 산모 배 위에 아기를 올려놓았으면 계속 주의 깊게 살폈어야지, 태어나서 두 시간 동안은 심장마비 위험이 엄청나게 크다는 건 누구나 아는 것 아니냐고, 라고 할 때는 피가 거꾸로 솟는 것 같았다.

난 머리가 빙빙 돌면서 머리의 피가 모두 빠져나가는 것 같았다. 귀에서 작게 들려오던 소리가 휘파람 소리처럼 점점 커지면서 귀를 먹먹하게 했다. 그리고 그들의 말소리가 더 이상 들리지 않았다. 나는 천장 가까이 왼쪽 구석에서 내 몸을 관찰하고 내 목소리를 듣고 있었다. 분홍색 간호사복을 입은 신생아실 간호조무사 베아트리스 위에 둥둥 떠 있었다. 그녀는 맥없는 목소리로 대꾸했다.

"프란체스카가 너무나도 그리워요."

저 높이 천장에서 나는 동료들이 입을 다물고 서로 공모자 같은 눈길을 주고받는 것을 지켜보았다. 그다음은 아무것도 기억나지 않는다.

세상이 무너져 내리자
모든 게
중요해졌다

피에르와 피에르를 화장하고, 그들의 물건을 가족들에게 전달하고, 그들의 카라반을 팔고, 그들의 깃털 장식을 우리가 간직하는 등 모든 사후 처리가 마무리되자 그다음을 생각해야 했다.

쇼에는 위기가 닥쳤다. 피에르와 피에르는 공연의 클라이맥스였다. 그들은 공연 마지막에 무대 한가운데에서 나타나면서 쾌락이 금지돼 있던 군중을 열광시켰다. 피에르와 피에르는 관객들에게 자신들은 한계가 없음을 이해시키는 재주가 있었다. 그들의 애무와 알몸 드러내기 그리고 사랑의 행위 흉내 내기는 대체 어디까지 갈 수 있을까? 아무도 그걸 예측할 수 없었고, 그 사실은 공연에 전율과 함께 숨 가쁜 긴장감을 부여했다. 피에르와 피에르가 무대 위에 있을 때는 아무도 공연장을 떠나지 않았다. 모두들 알고 싶어했다. 그들은 우리 안에 웅크리고 있는 병적인 호기심에 불을 붙였다.

따라서 모든 것을 다시 검토해야 했다. 모든 것을 다시 짜고, 음악과 그 순서도 바꿔야 했다.

당시 로메오 파레스는 세 살이었다. 노르마는 다섯 살이었다. 아이들은 아주 뜸하게 학교에 갔다. 그나마도 공연의 홍보를 위해서나 한동안 거주하기 위해 어느 한 곳에 좀 오래 머물 때에만 가능했다. 그런 문제로 가보르와 나 사이에 다툼이 생기기도 했다. 그는 아이들을 학교에 보내는 건 불필요하다고 생각했다. 부모와 여행하면서 실제 삶과 직접 부딪치는 편이 훨씬 더 많은 것을 배울 수 있다고 생각했기 때문이었다.

그 무렵, 우린 순회공연 기획자와 결별해야 했다. 그와의 협상이 틀어졌기 때문이었다. 파올로는 술을 마신 탓에 홍분을 억누르지 못했다. 티켓을 지금보다 두 배는 더 비싸게 팔았어야 하는데 공연 기획자가 일을 제대로 하지 못한다고 비난했다. 파올로는 우리가 미국 무대에서도 공연을 했어야 하는데 공연 기획자가 소심해서 그런 일들을 감당하지 못한다고 주장했다.

그러자 공연 기획자는 언성을 높이며 대꾸했다. 그 반대로, 대세를 따라가지 못하는 건 '사랑의 카바레'라고. 사람들이 랩과 테크노에 심취하는 세상에 사라져가는 공연 방식을 고수하는 건 어리석은 일이라고. 어쨌거나, 피에르와 피에르가 없다면 우리는 더 이상 별 볼 일이 없었다.

그로부터 일주일 후 가보르는 전화를 받았다. 공연 기획자는 우리를 버렸다.

파올로는 자신이 공연 날짜를 잡을 거라고 큰소리쳤다. 자신이 우리의 공연 기획자가 되어 일을 활기차게 추진할 거라면서 미국의 관계자들을 알고 있다고 했다. 설득력 있는 그의 말에 가보르는 수락했다. 당시 가보르가 장벽이 무너질 것을 이미 알고 있었는지는 모르겠다. 그건 확실하게 말할 수 없다. 하지만 두려움이 몰려왔다. 뿌리 깊은 두려움이.

파올로는 간신히 아주 보잘것없는 공연만을 섭외할 수 있었다. 분장실도 없고, 보수도 형편없었으며, 홀은 텅 비어 있었다. 나는 사람들의 눈빛에서 우리가 끝났다는 것을 알 수 있었다. 관객들에게서는 더 이상 감탄 섞인 흥분을 찾을 수 없었다. 약간의 호기심과 연민이 느껴질 뿐이었다. 그들은 처음으로 내 알몸을 다른 방식으로 훑어보았다, 음란한 눈빛으로. 그들은 실제의 나를 보기를 원했다. 나 자신이 사라졌음을 인식하지 못한 채 내 가슴에만 집중했다. 아니 어쩌면, 나 스스로가 사라지는 방법을 더 이상 알지 못했던 건지도 모르겠다.

그건 곧 두려움을 의미했다.

어느 날 아침, 파올로는 만취 상태에 눈물 바람으로 우리 카라반에 올라탔다. 그는 말을 더듬었고 몸을 제대로 가누지 못하고 비틀거렸다. 손에는 보드카 병을 들고 있었다. 그는 우리 침대 아래쪽에 주저앉아 눈물을 흘리기 시작했다. 가보르는 분노를 폭발시켰다. 그가 위험해 보여 나는 그의 손을 꼭 잡았다.

내 인생 최악의 아침이었다.

"베아트리스, 가보르, 미안해, 미안해, 정말 미안해……."

가보르의 얼굴에 경련이 일었다.

"나도 이젠 어쩔 수가 없네. 우린 끝났어. 피에르와 피에르처럼 죽은 거라고. 낡은 타이어처럼 바람이 빠져 죽어버린 거라고. 난 그걸 막을 수가 없었어. 내겐 그럴 힘이 없어."

가보르의 눈에 눈물이 맺혔다. 그리고 모두가 무너져 내렸다.

파올로는 한창 인기를 누리던 그룹 레 리얼스에 합류했다. 그들의 드러머가 떠나버렸기 때문이다.

가보르는 울면서 파올로에게 달려들어 그의 머리와 팔과 바지를 마구 잡아당겼다. 그리고 소리치면서 그를 밖으로 내쫓아 버리고는 그를 향해 침을 뱉었다. 가보르는 조그만 침실 벽을 있는 힘껏 내리쳤다. 그는 파올로가 남기고 간 보드카 병을 마저 비위내고는 다시 흐느꼈다. 그리고 잠이 깬 두 아이를 꼭 껴안고 키스한 다음 침대에 누워 있는 내 품에 그들을 내려놓았다. 그리고 그는 떠났다.

그날, 나도 죽었다.
내 핏속으로 두려움이 들어왔다.
그리고 모든 게 중요해졌다.

그는 사흘 후에 돌아왔다. 그는 나와 눈을 마주치는 것을 피했다. 그가 다른 여자와 섹스를 했을 거라는 생각이 들었지만 묻지는 않았다. 그는 테이블에 앉아 의자 등받이에 몸을 꼭 기댄 채 벽을 응시했다.

"부모님이 페르라셰즈의 방 두 개짜리 아파트를 우리에게 쓰라고 하셨어요." 난 그에게 말했다. "우리가 운이 좋은 것 같아요. 세입자들이 지난달에 나갔거든요. 월세도 안 내도 되고요. 나도 직장을 구하고, 당신도 그러면 될 거예요. 어쨌거나 우리 아이들은 먹여 살려야 하잖아요, 안 그래요? 우린 괜찮을 거예요, 가보르. 우린 둘 다 이 상황을 헤쳐나갈 수 있을 거예요. 아이들은 학교에 갈 거고요. 그러니까 다 괜찮아질 거예요."

나는 정말 그럴 수 있을 거라고 믿었다. 나는 해결책을 갖고 있었다. 그때만 해도, 완전히 마비되기 전까지 두려움은 하나의 원동력으로 작용했다.

가보르는 아무 말 하지 않고 여전히 벽을 응시할 뿐이었다. 그는 절망감을 감추지 못했다.

마침내 그가 고개를 들어 내 눈을 똑바로 바라보았을 때 난 그 속에서 거대하고 무한한 무언가를 보았다.

"그래, 베아트리스, 내 사랑, 그렇게 해."

하지만 그의 영혼은 단두대를 향해 떠난 후였다.

파리의 방 두 칸짜리 작은 아파트에서 사는 가보르를 촬영이라도 해놓았어야 했다. 그는 우리에 갇힌 사자 같았다. 영영 그 속에서 살도록 선고받은 야생동물. 그는 점차 포악한 성격으로 변해갔다. 술을 마시고는 아이들에게 소리를 지르기 일쑤였다. 우리는 8월에 이사를 했고, 난 9월부터 신생아실 간호조무사 교육을 받기 시작했다. 나는 하루 종일 쌓인 스트레스 때문에 파김치가 되어 저녁 늦게 돌아왔다. 가보르는 만취 상태로 텔레비전 앞에 앉아 있었다. 아이들은 나를 위해 감자 칩과 요구르트를 준비해두었다. 아이들은 더러웠고, 노르마는 결코 숙제를 하지 않았다.

가보르는 더 이상 나를 곱게 바라보지 않았다.

"그래서, 예전에 내가 사랑했던 당신, 오늘도 기저귀 가는 법을 잘 배운 건가? 그 사람들이 시키는 대로 잘 한 거야? 망할 의사 놈들에게 당신 엉덩이를 보여준 거냐고, 응?"

그는 계속 떠들어댔다.

"당신 또 누텔라를 세 통이나 먹어치웠지, 아니야? 당신 정말 못 봐줄 정도로 뚱뚱해진 거 알아? 오, 불쌍한 베아트리스, 불쌍한 내 사랑, 당신 예전엔 정말로 아름다웠는데."

그리고 그는 눈물을 흘렸다.

그는 때로 한밤중에 바이올린을 연주하고 싶어했다. 이웃들은 항의했고, 여러 차례 경찰이 개입해야 했다. 나는 그에게 밤 10시 이후에는 연주하지 못하게 했다.

나는 가보르에게 바이올린을 켜지 못하게 했다. 이게 바로 당시 우리의 모습이었다. 나는 그에게 먹는 것과 마시는 것을 금지할 수도 있었다.

그는 그런 나를 경멸했다.

크리스마스 직전의 어느 날 저녁, 또다시 아이들의 귀에까지 들리도록 서로 악다구니하며 다툰 끝에 가보르는 바이올린을 가지고 떠나버렸다. 영영.

마치 창문으로 뛰어내려 땅바닥에 부딪혀 박살 나는 대신, 그의 등에 장엄하고 커다란 검은 날개가 솟아난 것 같았다. 나는 그가 자신의 바이올린과 함께 하늘로 날아오르는 것을 지켜보았다.

그렇게 가보르는 나를 버렸다. 그토록 영롱하게 빛나던 우리의 사랑은 병들고 쪼그라들어 악취마저 풍기는 한 조각의 초라한 살점으로 변해버렸다.

하지만 가보르는 멀리 날아감으로써 나로 하여금 그에 관한 기억을 조금이나마 아름답게 간직할 수 있게 해주었다. 하나의 사진, 하나의 소리, 하나의 모습으로 남은 추억을.

만약 그대로 머물렀더라면 그는 모든 것을 망가뜨렸을 것이다. 추억까지도.

나는 아이들과 파리에 홀로 남겨졌다. 신생아실 간호조무사 교육을 받으면서, 무엇보다 이 새로운 삶에서 정말 아무것도 이해하지 못하면서. 가보르에게는 하늘로 날아가 천사들을 위해 연주하는 게 그다지 어렵지 않았을 것이다. 하지만 그런 것이 냉장고를 채워주지는 못한다.

그 후 나는 그를 다시는 보지 못했다.

아이들도 눈물을 흘렸고, 일주일간 소파에서 웅크린 채 잠을 잤다. 크리스마스가 낀 일주일이었다. 우리는 씻지도 않았고, 일주일간 우리의 눈물과 분노와 사랑과 다리와 심장을 서로 뒤섞었다. 다른 사람의 눈물로 모든 머리카락이 서로 달라붙어 버릴 때까지. 그러다 오직 하나의 고통만을 느낄 때까지. 물도 수도꼭지에 입을 대고 수돗물을 마셨다.

그리고 어느 순간, 로메오가 입속에 물을 머금고 소파로 와 자기 누나에게 내뿜었다.

그들은 함께 웃음을 터뜨렸다.

이제 도전장을 던진 것이다.

노르마는 수도꼭지로 달려가 동생을 향해 물을 뿌렸다. 우리는 눈에 띄는 모든 것을 던지기 시작했다. 파스타, 접시, 테이블, 시트, 통조림, 계란(계란을 던지는 건 정말 재미있다). 그리고 찬장과 냉장고를 비워내고 물과 잘 흔든 콜라와 세탁비누를 뿌려 온 집 안을 적셨다. 의자를 뒤집어 방패처럼 사용하면서 소리 지르고 노래 부르고 춤추고 큰 소리로 외쳤다. 가보르, 당신을 증오해! 다시는 돌아오지 마!

그리고 난 잠이 들었다.

아이들도 마침내 잠이 들었다.

그 이후, 나는 영원히 잠들지 못하는 것과 마찬가지였다.

아이들이
성장한
지금

　노르마 마리아 로즈는 열일곱 살, 로메오 파레스는 열다섯 살이 되었다. 솔직히 말하면, 아이들은 별로 고분고분한 편이 아니다. 파리에 살면서 학교에 다니는 건 아이들에게도 만만치 않은 일이었던 것 같다. 게다가 그들은 학교에도 가지 않는다. 나는 아이들 학교에서 보내오는 수많은 편지들에 응답할 엄두조차 내지 못하고 있다.

　노르마는 밤에 바에서 일하고 있다. 아주 아름다운 처녀로 성장한 딸은 돈을 벌면서 자신의 삶을 살아간다. 집에는 아주 가끔씩만 들른다. 나는 노르마와 거의 접촉이 없다. 우리는 서로 거의 얘기하지 않는다. 그 아이는 수년간 자신을 가둬놓고 키우고 자기 아버지를 내쫓았다며 나를 원망했다. 노르마는 이해하지 못하거나 이해하려고 하지 않는다.

어떻게 이럴 수가 있을까. 어린 노르마는 내게 빛나는 햇살이자 살아가는 이유였다. 나는 종종 그 애의 사진을 들여다본다. 자기 아버지를 닮은 갈색 머리카락과 내 눈처럼 파란 눈이 떠오른다. 노르마는 어릴 적부터 말이 거의 없었다. 하지만 모든 걸 이해했고, 모든 걸 지켜보았다.

로메오 파레스는 하루 종일 기타를 연주한다. 그는 종종 커다란 키로 부엌을 굽어보면서 먹을 것을 달라고 하거나 돈을 요구한다.

내가 직장에서 돌아오면 내게 뽀뽀를 하면서, 안녕 엄마, 용돈 좀 주세요, 한다. 나는 오늘 쓰러지기 일보 직전이다. 나는 로메오에게 돈을 준다. 놀라운 재능을 가진 음악가인 그의 심기를 거스르고 싶지 않다.

그는 저녁마다 거실에서 연주하고, 나는 그의 음악을 듣는다.

비록 엄마의 역할을 게을리했지만 그래도 나는 귀 기울여 그의 음악을 듣는다. 그의 음악은 감동으로 내 마음을 가득 채운다.

로메오는 아주 특별한 존재다. 그는 공기처럼 가벼우며, 미지의 하늘에서, 우리와는 달리 또 다른 공간과 시간 속에서 살고 있다. 또한 흐르는 강물처럼 휴식을 준다.

13호실

병실로 들어가려던 순간 병실에서 나오는 시si 박사와 부딪쳤다.

그녀는 눈이 보이지 않는 놀라운 특이함을 지닌 산부인과 의사다.

그녀는 보지 않고 수술을 한다. 그런데도 기막힌 실력으로 명성이 자자하다.

"오! 이 향수 냄새 누군지 알 것 같군요." 그녀는 회한과 분노 그리고 일말의 체념이 뒤섞인 어조로 내게 말한다.

"······."

그녀를 향한 감탄에도 불구하고 나는 그녀와 부딪치는 게 정말 싫다. 그녀에게는 아무것도 감출 수 없기 때문이다.

"몸짓에서는 우아한 매력이 느껴지고요."

"……."

"오! 그런데 몹시 피곤해하는 것 같네요. 정말 그런가요?"

"전 베아트리스예요. 신생아실 간호조무사로 근무하는."

"아! 물론 그렇겠죠. 안녕, 베아트리스. 잘 지내는지는 묻지 않을게요. 그렇지 못한 것 같으니까요……. 무슨 일이 있나요?"

"아뇨, 괜찮습니다. 잠을 좀 설쳤을 뿐이에요."

"불면은 참 괴로운 일이죠. 그런데 얘기해보세요. 왜 잠을 못 자는지?"

"잘 모르겠어요. 그냥 잠이 안 와서요……."

"그냥 그렇게 있으면 안 돼요, 베아트리스. 문제의 해결책을 찾아야 해요. 전문가로서 분명히 말할 수 있는 건 당신 몸에서 비정상적인 냄새가 난다는 거예요. 잔뜩 겁에 질린 동물 냄새 같은 거요. 도망가려는 사람에게서 나는 냄새와 함께 말이죠. 베아트리스, 무엇으로부터 도망치려는 건가요?"

"저는 도망치지 않아요……. 전……." 나는 눈물을 삼키며 말한다. "너무나 피곤해서 그런 것뿐이에요."

"으음……."

그녀는 눈을 감고 내게로 다가와서는 내 주위를 돌며 냄새를 맡고, 나를 느낀다⋯⋯. 그녀는 나를 보지 못하지만 내 얼굴을 향해 손을 내민다.

나는 화들짝 놀라며 뒤로 물러선다. 그녀가 나를 만지는 게 싫다.

"당신은 춤을 춰야만 해요. 당신 몸이 무언가를 말하고 싶어 해요. 몸이 말할 수 있게 해야 해요. 몸이 춤을 추도록 해야 한다고요. 당신은 그걸 막지 말았어야 해요."

"네? 하지만 전 선택의 여지가 없었어요."

그녀는 위를 올려다본다.

"언제나 선택은 있는 거예요, 베아트리스, 대체 왜 그런 생각을 하는 거죠?"

그녀는 두 팔을 위로 치켜들며 경건한 몸짓을 해 보인다.

"언제나 선택은 있어요, 베아트리스. 하지만 먼저 그 사실을 믿어야 해요. 침묵하는 건 자신을 죽이는 거예요. 말소리가 들려요, 당신으로부터, 사방에서 말소리가 들려요. 난 당신이 보지 못하는 걸 보고 있어요. 베아트리스, 당신은 춤을 춰야만 해요. 당신은 프란체스카하고 친구이지 않았나요?"

"네, 아주 가깝게 지냈어요."

"그녀에게서 무슨 소식이 왔나요?"

"아뇨, 연락이 도무지 안 돼요. 아무리 해봐도."

"으음…… 당신도 그 일이 부당하다고 생각하는 거죠, 그렇죠?"

"네."

"나도 그렇게 생각해요……. 그 일은 병원에도 사람들한테도 많은 상처를 줬어요."

"누구에게나는 아니겠죠."

그녀는 또다시 위를 쳐다본다. 마치 공기 속에서 위험을 감지한 동물처럼.

"그래요. 무슨 말인지 알겠어요. 그래서 외로우세요?"

"네."

"베아트리스, 내가 당신이 하는 일을 정말 고맙게 생각하고 있다는 걸 알아야 해요. 나만 그렇게 생각하는 게 아니라는 것도요. 당신은 혼자가 아니란 말이에요. 이곳에 있는 우리 모두가 그렇듯이. 병원은 거대한 고독이 지배하는 장소예요. 병원의 정의 자체가 그래요. 우린 끔찍한 조건 속에서 말로 표현할 수 없는 것들을 함께 겪는 거죠. 물론 우린 시간이 부족하기 때문에 그런 것들을 함께 나누지 못하고 있지만요. 그리고 각자 자신의 내면을 그런대로 잘 지키고 있기 때문이기도 하지요. 여기선 알몸을 드러내고 일할 수는 없어요. 그리고 당신 유니폼은 당신하고 전혀 어울리지 않아요. 그러니까 당신이 편하게 느낄 수 있는 다른 옷을 찾아보도록 해요, 반드시. 그렇지 않으면 당신은 여기서 죽게 될 거예요. 아무것도 이해하지 못한 채로 말이죠."

"말씀 감사합니다."

"부디 자신을 잘 돌보도록 하세요. 당신은 지금 절벽 위에 서 있는 것과 같으니까요. 그런데 참, 13호실에 가려던 참이었나요?"

"네."

"베아트리스, 이 부인은 지금 아파요, 아주 많이. 그런데 아무도, 심지어 그녀의 임신 기간을 죽 지켜보았던 나조차도 그 이유를 몰라요. 가장 놀라운 건, 지속적이고 예리한 고통을 호소하면서도 환자 자신도 어디가 아픈지를 모른다는 거예요."

시 박사는 잠시 얘기를 멈추더니 한숨을 내쉰다.

"이 부인 때문에 정말 걱정이 많답니다. 온갖 진통제를 다 써 봤는데도 극심한 고통의 신체적 징후가 나타나기 시작했거든요. 부인은 먹지도 않고 잠도 자지 않아요. 눈 아래는 푹 꺼졌고요. 게다가 어찌나 고통을 호소하는지 팀 전체가 살 수 없을 정도예요."

그녀는 다시 고개를 들고, 나는 침묵한다. 그녀는 얘기를 계속한다.

"그녀의 아기도 마치 없는 것 같아요. 도무지 잠에서 깨어나지를 않아요. 아빠가 품에 안고 우유를 주려고 해도 눈을 뜨지 않아요. 이렇게 주먹을 꼭 쥔 채로."

그녀는 주먹을 꼭 쥔 아기 흉내를 낸다. 그 모습이 재미있다. 그녀는 이제 속삭이듯 말한다.

"오늘 아침에 스태프 사이에 격렬한 언쟁이 벌어졌답니다. 어떤 사람들은 이 부인을 다른 과로 옮겨야 한다고 생각해요. 그녀를 괴롭히는 통증을 치료하는 건 우리 소관이 아니라는 이유로요. 하지만 나를 비롯한 또 다른 사람들은 엄마와 아기를 서로 떼어놓으면 안 된다고 주장하고 있어요. 당신이 이런 사실을 알아야 할 것 같아서요. 이 부인의 케이스는 정말 이상한 경우라서 말이죠. 출산 과정에서는 아무 문제가 없었고, 모든 검사 결과도 지극히 정상이거든요. 그래서 다들 정말 난감해하고 있어요."

이젠 내가 얘기할 차례다.

"마치 악몽을 꾸는 것 같군요."

"맞아요. 정말 그래요."

"산모가 잠에서 깨어나야 하지 않을까요?"

"그러니까, 베아트리스, 부인이 지금 잠들어 있다는 건가요?"

"그건 잘 모르겠어요. 그래요, 맞아요. 아니면 그녀가 보고 싶지 않은 어떤 게 있는 건지도 모르죠. 그래서 눈을 뜰 수가 없고, 계속 악몽을 꾸고 있는 게 아닐까요."

"지금 맹인한테 이야기하고 있는 거 알아요?"

나는 미소를 지어 보인다.

"만약 눈을 뜨게 된다고 해도 절대로 보고 싶지 않은 게 있으신가요?"

그녀는 잠시 생각한다.

"죽은 내 아이요. 부인은 이번 출산 전에 여러 번 유산을 했어요. 중절 수술도 여러 차례 했고요."

"그래서 죄의식을 느끼고 있는 거예요. 벌 받기를 기다리는 거죠. 부인은 자신이 아이를 낳을 자격이 없어서 누군가가 아이를 빼앗아 갈까 봐 두려워하고 있어요. 자기 잘못을 속죄하느라 고통받고 있는 거라고요. 자신의 죄에 대한 대가를 치르는 거죠."

"그럴듯한 추론이군요. 부인의 어머니 역시 아이를 잃은 적이 있어요. 그녀 바로 다음에 태어난 아이를요."

"슬픈 일이군요. 어쩌면 그래서 자기 어머니보다 더 행복해지는 걸 스스로에게 허락할 수 없는 게 아닐까요?"

"그럼 아기는 어떻게 된 걸까요?"

"엄마와 함께 악몽 속에서 살고 있는 거죠. 그러니까 엄마가 깨어나면 아기도 깨어날 거예요."

"다른 신체적인 이유는 정말 없는 걸까요?"

"전 의사가 아니라서요. 그건 잘 모르겠어요."

"그래요. 고마워요, 잘 생각해볼게요. 그런데 지금은 병실에 들어가지 말아요. 부인이 쉬고 있으니까요. 정말 고마워요."

"또 뵙죠."

"그래요. 또 봐요, 베아트리스. 그리고 잊지 말아요. 당신은 결코 혼자가 아니라는 것을."

그 말을 어떻게 받아들여야 할지 잘 모르겠다.

시 박사는 좋은 사람이다. 어떤 의미에서 그녀가 한 말은 나를 정말로 기분 좋게 한다. 하지만 그렇다고 해서 내가 혼자라는 생각이 들지 않는 건 아니다. 그녀는 의사와 권력과 충고로 이루어진 자기만의 세상에서 살고 있다. 그런 그녀가 어떻게 나를 이해할 수 있겠는가?

내가 만약 그녀에게 두려움과 죽은 아기들에 관해 이야기한다면, 그녀는 분명 내가 이 부서에서 일하는 것을 더 이상 원치 않을 것이다.

그녀도 그럴 것이다.

결국 그들은 부인을 다른 병원으로 보냈고, 아기는 아빠와 함께 집으로 돌아갔다.

그 뒤로는 그녀에 관해 아무런 소식도 듣지 못했다.

병원 사람들은 시 박사를 그다지 진지하게 여기지 않는다. 그래서 그녀의 말을 귀담아듣지 않는다.

어떤 사람들은 커다란 영향력을 이용해 권력을 유지한다.

하지만 시 박사는 그러기에는 사람이 너무 좋다.

내 몸은 춤을 추고 싶은 생각이 전혀 없다.

마치 평생 한 번도 춤을 추지 않았던 것처럼.

14호실에는
몇 분 전에 들어온
부인이 있다

분만실의 조산사와 마주치자 그녀가 내게 아기의 분만 일지를 전해주었다. 아무런 문제가 없다. 산달을 꽉 채워서 3.657킬로그램으로 태어난 어여쁜 여자 아기였다.

특별히 주목할 사항은 없었다.

아기는 아기 침대에, 엄마는 바로 옆에 놓인 자기 침대에 누워 있다.

그녀는 멍한 눈으로 허공을 바라보고 있다. 몹시 피곤해 보인다. 아빠는 소파에 앉아 잠들어 있다.

"안녕하세요, 신생아실 간호조무사 베아트리스예요. 이곳에 오신 걸 환영합니다!"

"고맙습니다."

"분만은 순조로웠나요?"

"다들 똑같지 않나요."

그녀는 웃지 않는다. 슬픈 얼굴을 하고 있다.

"아기를 어떻게 키우실 생각인가요?"

"모유 수유를 해보려고요."

"잘 생각하셨어요. 제가 필요한 것들을 좀 가져다드릴게요.
그리고 괜찮으시면 아기가 어떤지 좀 살펴보고 체온을 재봐도
될까요?"

"그럼요. 물론이죠."

"그리고 탯줄 관리와 기저귀 가는 법 등도 알려드릴게요."

"그런 건 제 남편에게 알려주세요. 난 하지 않을 거니까요."

"아, 그래요?"

"네, 이 아이 오빠가 태어났을 때도 난 그런 거 하지 않았어
요. 늘 애 아빠가 했거든요."

"첫아이 때 수유는 아무런 문제가 없었나요?"

"별로 좋진 않았어요. 내가 아기를 자주 안아주지 않았거든
요. 그래서 나중엔 분유를 먹였죠."

"왜 그런 일들을 직접 하지 않으시는지 이유를 물어봐도 될까
요?"

"내가 그런 걸 감당할 수 없을 것 같아서예요. 아기를 다치게 하거나 잘못할까 봐 너무 겁이 나거든요. 그리고 아빠가 다 잘 알아서 하고요. 그래서 걱정하지 않아도 돼요. 난 아기 몸에 너무 가까이 가는 게 싫거든요. 탯줄을 못 쳐다보겠어요. 난 신생아랑 같이 있는 게 조금도 편하지가 않아요."

"맏이는 몇 살인가요?"

"15개월 됐어요."

"이젠 부인이 직접 돌보실 수 있나요?"

"이제 겨우 그러기 시작했어요. 아이가 욕조에 혼자 앉을 수 있거든요. 그래서 나도 아들을 바라볼 수 있어요."

"하지만…… 정말 이대로도 괜찮으세요? 직접 해보고 싶다는 생각이 들진 않으세요? 원하시면 제가 도와드릴 수 있어요. 어떻게 하는지 자세히 설명해드릴게요. 별로 특별한 것도 아니잖아요?"

그때 아기의 아빠가 잠에서 깨어났다.

"안녕하세요. 부인께서 아빠가 아기를 돌본다고 얘기해주시더군요."

"그런데요. 그게 무슨 문제가 됩니까?"

다짜고짜 그의 어조가 공격적으로 변한다.

"부인께 아기 돌보는 법에 대해 알려드리고 조금이라도 도움이 되고 싶다고 말씀드렸습니다."

"오랫동안 여자들 혼자서 아이들을 돌봐왔는데 이제 남자가 교대하는 게 뭐가 문제가 되느냔 말입니다. 내 아내는 그 일을 하고 싶어하지 않고, 나는 아이 돌보는 게 아주 좋아요. 그런데 대체 왜 당신들은 우리끼리 아주 잘 합의된 일을 바꾸지 못해 안달인 겁니까?"

"전 다만 부인께서 자신을 믿지 못하시는 것 같아서 조금 도 와드리려고 했던 것뿐입니다."

"그런 거라면 내 아내는 도움이 필요 없습니다. 분명히 말하지만, 이 사람은 모든 면에서 자신감이 넘칠 뿐만 아니라, 자기가 할 수 있는 걸 하기 위해 당신 도움이 필요하지도 않습니다."

"하지만……."

나는 부인을 돌아본다.

그녀는 눈을 감고 있다.

잠든 척하고 있는 것이다.

이 세상에서 물러나서.

그녀는 아무런 항변도 하지 않을 것이다.

어쩌면 그것이 진정 그녀가 원하는 것일지도 모른다. 내가 더이상 뭘 할 수 있을까.

"그럼 아기가 깨면 저를 불러주시겠어요? 기저귀 가는 법을 알려드리려고요."

"그럴 필요 없습니다. 첫아이 때 이미 다 해본 거니까요. 젖병이나 좀 가져다주세요. 나머지는 내가 다 알아서 할 수 있습니다."

"네, 물론이죠. 하지만…… 부인께서 모유 수유를 하시고 싶어했습니다……. 저한테 그렇게 말씀하셨어요……."

"젖병을 갖다 주세요."

부인이 눈을 뜨고는 내게 미소 짓는다. 전혀 난처해하는 것 같지 않다.

"그래요. 젖병을 갖다 주세요. 그게 좋겠어요. 아무 문제 없으니 걱정 마시고요. 신경 써주셔서 고마워요."

그녀는 환하고 도발적인 미소로써 나를 내쫓는다. 마치 당신들은 늘 그런 식이다, 라고 말하는 것 같다.

그들은 도움을 필요로 하지 않는다.

우리를 그냥 내버려둬.

오케이. 사실, 나도 아무래도 상관없다.

15호실에 도착하자
공기처럼
가벼워진다

목덜미가 뻣뻣하다.

사방이 두들겨 맞은 것처럼 아프고 부러질 것 같다.

그 누구와도 말을 할 수가 없다.

머리가 빙빙 돈다.

상태가 영 좋지 않다.

운이 없게도 중얼거리면서 복도를 걸어오는 닥터 밀과 부딪
쳤다. 닥터 밀은 늘 무언가를 중얼거린다.

그의 시선은 언제나 다른 곳을 향하고 있다. 그는 나보다 훨
씬 키가 작고 수염도 잘 깎지 않는다.

"오늘 아침에 당신하고 같이 일했던 새 직원에 대해 어떻게 생각해요? 이번에도 또 아주 굼뜬 사람이 들어온 것 같아서 말이오."

"전 뭐라고 드릴 말씀이 없습니다, 밀 박사님, 제가 직원을 채용하는 게 아니니까요."

"할 말이 없다, 물론 그렇겠죠. 지금까지 자기 의견을 말한 적이 한 번도 없었으니까. 그런데 언젠가는 뭐가 되었든 의견을 말할 때가 있을까요, 베아트리스?"

나는 아무 말도 하지 않는다. 자칫하면 그의 얼굴에 침을 뱉을지도 모르기 때문이다.

"말이 났으니 말인데 베아트리스. 일전에 내가 했던 제안에 대해 의견을 말해줄 수 있겠소? 당신과 나에 관한 건 말이오."

그는 나를 레스토랑과 영화관에 데려가겠다고 했다. 아무 걱정 하지 말아요, 베아트리스. 돈은 내가 다 낼 테니까. 당신에게 생각할 시간을 주겠소. 당신 나이에는 외출도 좀 더 자주 해야 해요! 당신을 좀 더 잘 알고 싶어서 이러는 거요.

나는 그에게 무슨 대답을 해야 할지 몰라 몸이 굳은 채로 아무 말도 하지 않는다. 얼굴이 화끈거린다. 그는 병원에서 일하는 모든 여자들을 초대한다. 모두가 알고 있는 사실이다. 나는 마치 다섯 살짜리 소녀처럼 더 이상 어떤 방어도 할 수 없다. 내게는 어떤 선택도 남아 있지 않다.

"베아트리스? 당신 벙어리요, 뭐요?"

나는 시선을 아래로 향한다.

"좋소. 그럼 결심이 서면 대답해줘요! 그렇다고 너무 응석받이처럼 굴진 말아요. 인생을 좀 즐기는 법을 배우란 말이오."

그는 언짢은 표정을 지어 보인다.

나는 무슨 일이 있어도 절대로 그와 함께 외출하지 않을 것이다. 나는 그가 두렵다.

가보르의 팔짱을 끼고 있는 나를 그가 봤으면 좋겠다.

닥터 밀은 담배를 피운다. 그는 내가 담배를 피우는 것을 보고 내게 속내를 털어놓았다. 하지만 우리가 서로 이야기를 주고받은 것은 아니다, 절대로. 닥터 밀은 이야기가 하고 싶었고, 내가 거기 있었을 뿐이다. 내가 아닌 누구라도 그의 이야기 상대가 될 수 있었을 것이다. 닥터 밀은 키가 아주 작고 머리가 벗겨졌으며 몹시 투박한 손을 지녔다. 하지만 파란 눈과 상대방의 마음속을 꿰뚫어보는 듯 무척 예리한 눈초리의 소유자이기도 하다.

"베아트리스." 그가 내게 말했다. "난 이 일을 벌써 35년째 하고 있어요. 그동안 볼 꼴 못 볼 꼴 다 보았지요. 다운증후군에 걸린 아이들과 사산아들, 불치병들을 예고했고, 괴물을 닮은 기형 아들도 보았소. 머리가 개를 닮은 아이들, 피부가 없이 태어난 아이들, 팔이 없는 아이들, 얼굴을 알아볼 수 없을 정도로 불에 덴 아이들, 미쳐가는 엄마들의 눈빛, 슬픔으로 죽어가는 아버지들. 난 너무나 많은 인간의 고통을 봐왔기 때문에 이젠 모든 것들에 무감각해져 버렸어요. 사람들이 나를 냉정한 인간이라고 욕하는 것도 잘 알고 있소. 그런데 말이오, 베아트리스. 당신은 아주 특별한 구석이 있어요. 난 당신 눈빛 뒤에서 무슨 일이 일어나고 있는지 알고 싶어요. 당신은 마치 사냥꾼에게 쫓기는 암사슴처럼 잔뜩 겁에 질려 있어요. 당신 나이에는 지혜란 놈이 결코 알아서 찾아오지 않는다오. 나는 당신이 어떤 사람인지 무척 궁금하오. 나 같은 사람이 다른 누군가에게 지대한 관심을 갖는다는 건 아주 드문 일이라는 걸 알아야 해요. 난 이미 모든 것에 무감각해진 사람이니까."

그는 내게로 더 바짝 다가오며 얘기를 계속한다.

"나하고 같이 레스토랑에 갑시다. 함께 이야기하면서 당신의 비밀을 알아내고 싶소. 나도 매력적인 남자가 될 수 있다오. 모든 비용은 내가 낼 테니 걱정 말고. 물론, 여기서는 평판이 과히 좋지 않다는 것도 잘 알고 있어요. 난 더 이상 내 직업을 사랑하지 않소. 너무나 고통스럽기 때문이오."

이제 그는 허공을 바라보면서 혼자 이야기를 이어간다.

"우리 모두는 자신이 다른 사람보다 더 똑똑하다고 믿고 있소. 아무리 하찮고 보잘것없는 것 같아도 자신의 삶이 다른 모든 이들의 삶보다 더 중요할 수밖에 없고. 나는 훗날 살인자, 실업자, 심지어 독재자가 될 수도 있는 아이들한테 철저하게 휘둘리는 엄마들을 무수히 많이 보아왔소! 그런데 내가, 그들을 치료하는 의사라니, 정말 웃기는 이야기가 아니고 뭐냔 말이오! 난 그네들의 모성애와 호르몬에 중독된 그네들의 시선을 느껴야 하는 매 순간을 증오하오. 그들은 인류라는 종種을 재생산하는 것뿐이오. 딱 그것뿐이오. 여자들은 아이들을 만들도록 프로그램된 거요. 그것뿐이오. 그게 자연의 법칙이오. 그리고 그들의 자식들은 별 볼 일 없고 옹졸한 인간들이 될 거고, 인류는 파괴와 추한 짓거리들을 계속하게 될 거요. 텔레비전과 비행기를 발명한 인간은 전쟁과 살육을 멈추지 않을 것이오. 새로 태어난 사내아이를 볼 때마다 난 미래의 살인자나, 인종차별주의자나, 정치적 이념이라는 비열한 명목으로 자기 이웃을 학살하는 미치광이 동물을 내 손으로 받았다는 생각을 하게 되고, 새로 태어난 여자아이를 볼 때마다 살인자 사내아이를 재생산하는 여자를 내 손으로 받았다는 생각을 하게 된단 말이오."

그는 또다시 내게 말한다.

"내 아내는 떠났소, 베아트리스. 난 혼자요. 나하고 같이 식사해요. 우린 서로 할 말이 많을 거요. 우리 둘은 서로 닮았으니까. 내 제안에 대해 생각해주겠소?"

그는 나를 향해 차가운 미소를 지으며 담배를 짓이기고는 가버렸다. 닥터 밀이 나를 괴롭히는 걸 즐기는 것인지, 아니면 그가 말한 대로 정말 슬픈 건지 잘 모르겠다. 그가 부근에 나타나기만 하면 나는 배가 죄여오고 심장이 벌렁거리기 시작한다. 그는 마치 키가 작고 머리가 벗어진 죽음의 여신 같다. 그는 차갑고 부당하며 언제나 주위를 맴돈다.

나는 대부분 그에게 신경을 쓰지 않는다. 그는 모든 사람들에게 늘 그런 식이니까 진지하게 받아들일 필요가 없다고 생각하면서.

하지만 때로는 간이 내 온몸을 지배한다.

고약한 냄새가 나는 초록색 담즙이 내 동맥을 타고 흐르기 시작한다. 앞이 뚜렷하게 보이지 않는다.

피가 얼어붙는 것 같다. 나는 안으로 폭발하고 만다.

15호실에 대해
아무도 내게
미리 알려주지 않았다

문을 열고 들어가니 침대에 누워 있는 부인이 보인다. 그녀는 행복한 듯 입가에 환한 미소를 띠고 있다. 그녀의 남편도 함께 있다. 그는 어린 마리의 아빠다. 마리는 2호실에 입원해 있는 부인의 딸이다.

그녀를 기억하는가?

그녀는 수년 전에 우리 병원에서 쌍둥이 둘째 여아를 잃었다. 그녀의 남편이 새로 태어난 딸을 품에 안고 재혼한 아내와 함께 있는 것이다.

나는 이런 상황을 견딜 수가 없다. 나는 이 남자가 증오스럽기 그지없다. 전 부인이 2호실에서 여전히 고통을 겪고 있는데

새 부인과 함께 여길 다시 오는 건 정말 파렴치하다는 생각이 든다.

어떻게 그런 짓을 할 수 있단 말인가?

어떻게 살아 있는 사랑스러운 어린 딸을 데리고 이곳에 모습을 드러낼 수가 있는가?

나는 2호실의 부인이 그토록 처절하게 혼자라는 사실을 참을 수가 없다. 어떻게 세상 사람들 모두가 그녀를 버릴 수 있는가. 그 누구보다도 도움이 절실했던 그녀를.

그녀는 도움이 필요했다! 그걸 이해하는 사람이 아무도 없단 말인가? 아니면 인간은 모두가 괴물이란 말인가?

이런, 잠시 횡설수설한 것 같다. 사과드린다.

나는 병실을 나왔다.

느닷없이 머리가 깨질 것처럼 아파왔다.

마치 쇠와 못으로 된 바이스가 머리를 짓누르는 것 같았다.

머리가 터져버릴 것 같았다.

그 순간 비명 소리가 들려왔다. 마치 꿈속에서 들려오는 것 같은 비명 소리가. 2호실에서 나는 소리였다. 틀림없었다.

내 두개골이 비명 소리로 가득 차면서 심하게 떨려왔다. 부인을 보러 가야 했다. 그녀가 나를 부르고 있었다. 절규하면서. 그녀는 자신의 남편이 그곳에 있다는 것을 알고 있었다. 그녀가 없는 자기 행복을 누리기 위해 그녀를 내팽개쳤다는 것도.

나는 두 손으로 머리를 움켜쥔 채 복도를 달려야 했다. 비명 소리에 가까워질수록 점점 더 견디기가 힘들어졌다. 병실 문을 열자 부인이 내 쪽으로 얼굴을 돌리고는 나를 바라보았다.

그 순간 그녀는 다시 예전으로 돌아간 게 틀림없었다. 그녀의 영혼이 다시 몸으로 돌아온 것이다. 그녀는 나를 바라보았다.

내 머릿속에서 비명 소리가 멈췄다.

그녀가 나를 바라본 것은 나를 기다리고 있었기 때문이다. 어쩌면 그녀가 끝까지 믿을 수 있는 유일한 사람이 나였기 때문일지도 모르겠다.

나는 그녀의 얼굴을 가만히 손으로 쓰다듬었다. 그리고 다 잘될 테니 두려워하지 말라고 말해주었다. 내가 함께 있을 테니까.

그리고 나는 마침내 그때까지 억눌렀던 눈물을 쏟아낼 수 있었다.

나는 침대에 올라 그녀에게 몸을 바짝 붙이고 누웠다. 아주 편안했다.

눈이 절로 감겼다.

여태 그렇게 잠들어본 적이 한 번도 없었다. 잠이 눈꺼풀을 짓누르면서 기분이 좋아졌다.

몸의 긴장이 풀리고 머릿속이 맑아지는 것 같았다.

차분해지고 진정이 되면서 마음이 편안해졌다.

마침내.

나는 배 속 깊은 곳에서 느껴지는 미묘한 감각과 행복감과 함께 가볍게 날아올랐다. 마침내 무언가가 멈췄다. 고통의 끝을 알리면서. 심장이 뛰는 소리가 혈관 속에 울려 퍼지면서 내 피의 온기가 느껴졌다. 몸속에서 물결처럼 나를 감싸는, 따뜻하고 부드러운 새빨간 피와 그 온기가 몸의 각 기관으로 전해지는 것 같았다.

나를 감쌌던 불필요한 껍질이 벗겨지면서, 솜처럼 새하얗고 보드라운 나 자신이 드러났다.

이 순간을 즐기자고 다짐하면서 나는 너무나도 감미롭고 행복하다고 몇 번이고 되뇌었다. 아, 참 좋다, 정말 좋다, 이렇게 좋을 수가. 내 피부는 아주 작은 부분 하나까지도 꼭 들어맞는 완벽한 물질을 감싸고 있었다. 나는 아주 날렵하고, 날아오를 것처럼 가벼우며, 아주 크고 길게 늘어난 것 같은 느낌이 들었다. 더 이상 아무 소리도 들리지 않았고, 그 침묵은 지금까지 내가 들었던 어떤 소리보다 아름다웠다. 모피를 닮은, 눈처럼 새하얀 침묵이었다.

더 이상 그 무엇도 무겁지 않았고, 너무 팽팽하게 당겨지거나 너무 가득 채워지지도 않았고, 밖으로 나가려고 하지도 않았고,

너무 빠르거나, 앞서 가거나, 애써 자제하지도 않았다. 모든 게 정확히 제자리에 있었다.

귀를 먹먹하게 하는 웅성거림에 나는 잠에서 깨어났다. 병실은 마치 전쟁이라도 일어난 듯 어수선한 가운데 유니폼을 입은 사람들로 붐비고 있었다.

그들은 소리를 지르고 오가면서 내게 병실에서 나가지 말 것을 지시했다. 구급대에 연락해, 경찰을 불러!

나는 여전히 잠에 취한 채 행복감에 젖어 있었다.

그 누구도 나를 건드릴 수 없었다. 사람들이 내 주위에서 부산스럽게 움직이는 광경에 웃음이 터져 나왔다. 나는 L 부인의 손을 꼭 잡고 있었고, 우리는 함께 정말 좋은 시간을 보냈다.

"저기 간호사복을 입고 미친 사람 같은 눈빛을 하고 있는 사람들을 좀 보세요." 나는 그녀에게 말했다. "저들은 자신의 몸이 죽음을 외치는 소리를 듣지 못한답니다. 꼭두각시처럼 움직이면서, 물건들을 사들이는 데 삶의 존재 이유를 두는 저들을 좀 보세요. 정말 우습지 않나요."

나는 L 부인과 함께 어린 학생들처럼 주체할 수 없이 큰 소리로 웃음을 터뜨렸다. 지금까지의 내 삶에서 가장 즐거운 순간이었다. 우린 두 손을 서로 꼭 잡은 채 마냥 즐거워했다. 나는 그녀가 마침내 깨어난 것이 정말 기뻤다. 우리의 행복감이 전해졌기 때문인지 우리 주위의 모든 것이 유쾌해 보였다.

나는 금세 알아차리지 못했다. 2호실의 부인이 마침내 자신의 길을 선택했다는 사실을.

갑자기 나는 옆에 있던 그녀의 몸이 텅 비어 있음을 깨달았다.

그리고 그녀의 손은 뻣뻣해져 있었다.

그 즉시 나는 미소를 지었다. 그녀가 올바른 선택을 했다고 생각했기 때문이었다. 심지어 작별인사를 하는 상대로 나를 선택했다는 사실에 기분이 좋아지기까지 했다.

그랬다. 나는 죽은 여인 앞에서 미소를 지었다. 그것도 그녀의 침대에 나란히 누운 채로. 물론, 이 모든 건 이해받기 힘든 행동이라는 걸 나도 잘 안다. 하지만 내가 나쁜 짓을 한 것도 아니지 않은가. 그러니 그런 비난은 아무런 의미가 없다. 나는 절대로 누군가를 죽이거나 해칠 수 있는 사람이 아니다.

"그럼 베개는 어떻게 된 거죠?"

베개는 침대에서 저절로 떨어진 듯했다. 우린 일인용 매트리스 위에 함께 누워 있었고, 아마도 자는 동안 내가 몸을 움직였던 것 같다.

"부검을 해보면 알겠죠. 물론 그사이 당신은 구류 상태에 있게 될 것입니다."

나는 전화 한 통을 할 수 있도록 허락받고 파올로에게 연락했다. 그에게 메시지를 남겼다.

"파올로, 베아트리스예요. 나 지금 파리 11구에 있는 경찰서로 가요. 경찰이 내게 수갑을 채웠어요. 당신이 잘 지냈으면 좋겠어요."

경찰관들은 내게 고약하게 굴지 않았다. 수갑을 채울 때도 거칠게 대하지 않았다. 내가 떠나는 것을 지켜보던 시 박사는 내 손을 잡고 귀에 대고 속삭였다. 당신에게서는 살인의 냄새가 나지 않아요. 난 당신을 믿어요. 그러니까 겁내지 말아요. 하지만 그녀의 손은 두려움에 떨면서 땀으로 젖어 있었다. 닥터 밀은 내가 지나가자 고개를 숙였고, 내게 아무 말도 하지 않았으며, 소리를 지르지도 않았다. 단지 유감스럽다는 듯 입을 씰룩거렸을 뿐이다. 늙은 호색한 닥터 밀도 마음이 착잡한 듯했다. 키 작은 조산사 팀장은 자신이 좋은 변호사를 알고 있다고, 곧 내게 전화를 하겠다고 조그맣게 속삭였다. 내가 그녀에게 해줄 말은 당신 일이나 신경 쓰라는 것뿐이었다.

마침내 그들은 나를 지지하게 되었다. 모두가, 너무 늦게.

시 박사의 말이 옳았다. 병원에서는 각자가 알아서 자신을 지켜야 한다. 하지만 우리 모두는 벼랑 끝에 서 있는 것과 같다.

나는 프란체스카가 밀려난 지 얼마 되지 않아, 다음번 사람들이 쫓겨나기 직전에 일자리를 잃었다.

그들은 진작 알고 있었다. 무쇠처럼 강인하지 않은 사람한테 어떤 일이 닥칠 수 있는지 그들은 이미 알고 있었던 것이다. 그럼에도 그들은 그 자리에 계속 머물면서 내가 쓰러지고 침몰하는 것을 지켜보았다. 마치 푸닥거리를 하듯, 자동차 사고를 구경하는 걸 즐기는 것처럼.

사자가 자기 형제를 잡아먹는 것을 지켜보는 영양羚羊이 그 대상이 자기가 아닌 형제이기를 다행이라고 생각하는 것처럼.

구류 기간 동안,
나는
잠을 잤다

　잠자는 동안 콘서트홀에서 가보르와 파올로 그리고 피에르와 피에르와 함께 춤을 추었다.

　음악은 강렬했고, 붉은색과 금색으로 빛났으며, 내 가슴은 곡예를 하는 것 같았고, 다리는 뜨거운 에너지로 충만했다. 피에르와 피에르는 그 어느 때보다 짜릿하고 섹시했으며, 거침없는 분노를 쏟아냈다. 파올로는 광적으로 드럼을 두드리며 절규하듯 외쳤다. 가보르도 함께 있었다. 그는 다시 나를 사랑했다. 그 안은 몹시 더웠고, 등을 타고 땀이 비 오듯 흘러내렸다. 나는 전율했고, 날카로운 소리가 귓전을 때렸다. 마치 스트로보스코프 (주기적으로 깜박이는 빛을 쬐어서 회전 혹은 진동하는 물체를 정지

했을 때와 같은 상태로 관측하는 장치—옮긴이)가 작동하는 것처럼 번개같이 초스피드로 이미지들이 나타났다가 사라졌다.

나는 2호실 부인과 춤을 추었다. 그녀는 행복해 보였다. 등에는 숄을 둘러 조그만 여자아이를 업고 있었다. 그녀는 미쳐버린 풍차처럼 두 팔을 빙빙 돌리면서 마사이족 전사처럼 공중으로 뛰어올랐다. 눈동자가 빙빙 돌아갔고, 입이 있어야 할 자리에는 커다랗게 구멍이 뚫려 베니스 사육제의 가면을 연상시켰다.

내 다리와 팔과 머리와 눈 그리고 간까지 모두 함께 춤을 추었다. 내 배는 사랑을 꿈꾸며 땀을 흘리며 열정적으로 움직였다. 그것은 마치 홀로 존재하는 듯 내게서 떨어져 나가 자신만의 삶을 살고자 했다. 나는 그것을 밖으로 밀어냈다. 이제야 떨어져 나가다니. 어서 꺼져버려! 프란체스카도 나와 함께 광적으로 살사 춤을 추었다. 그녀는 노래도 불렀다. 그리고 내게 말했다. 두고 봐! 정말 근사하다니까! 얼마나 좋은지 몰라! 그녀는 두 팔을 가슴에 교차시키고 머리를 뒤로 젖히고 눈을 감은 채 제자리에서 빠르게 빙글빙글 돌았다.

마지막으로 나는 메릴린 먼로와 내 아이들과 함께 춤을 추었다. 메릴린은 노르마 마리아 로즈를 품에 안고 뺨에 뽀뽀했다. 노르마는 아주 작았다가 아주 커졌다. 이따금 그 애의 이가 지나치게 길게 자랐다. 내 입속에서 이들이 유리 조각처럼 부서졌다. 메릴린은 젖을 꺼내 노르마에게 먹였다.

우리는 다양한 춤을 추었다. 가보르의 바이올린이 연주하는 음악의 매 악절과 음색이 내 귀에 콕콕 와서 박혔다. 나는 불과 물이었다. 그렇게 소멸해버릴 것만 같았다. 가보르는 있는 힘껏 내게 키스를 했다. 내가 그를 안으려고 할 때마다 그는 멀어졌다가 다시 돌아와 내게 키스했다. 내 피부는 미끄럽고 끈적거렸다.

강렬하고 어수선하고 폭발할 것 같은 느낌들이 뒤엉켰다.

그런 다음 나는 그토록 힘든 일을 하는 경관들에게 잠시 현실을 잊게 해주는 꿈을 꾸었다.

나는 몹시 슬퍼 보이는 그들을 위해 완전한 알몸이 되어 내 피부와 물결치는 춤과 따뜻함을 선사했다. 그들은 진정으로 즐거워했다! 경찰서는 쪽빛으로 물들었고, 내 몸은 차가운 유치장 벽과 곤봉과 쇠 수갑과는 대조적으로 놀라울 정도로 부드럽고 유연했다.

경관들은 미소를 지으며 나와 함께 왈츠를 추었다. '난 왈츠밖에 출 줄 몰라요, 마드무아젤.' 그러자 355만 6천 개의 조그만 유리 동물 인형들이 폭발하면서 다양한 색깔의 불꽃들로 경찰서를 환하게 밝혔다. 잘게 쪼개진 수많은 파편들은 눈이 부시도록 반짝이면서 공중을 날아다녔다. 눈이 아팠다. 내 살갗은 온갖 색깔의 파편들 공격을 받았다. 나는 그것들을 쫓아버리려고 살갗을 마구 문질렀다. 내 신음 소리가 들려왔다.

"베아트리스 V?"

나는 벌떡 일어났다. 내 몸은 고통 그 자체였다. 누군가가 내 안에서 울고 있었다.

"나가셔도 좋습니다."

"……."

"L 부인은 심장마비로 사망했다는 결론이 났습니다. 부검에서 확실하게 밝혀졌어요. 당신은 아무 죄가 없습니다."

"……."

"당신을 기다리는 사람이 있습니다."

나는 비로소 정신이 들었고 다시 정상으로 돌아왔다. 이제 극심한 피로가 몰려오면서 몸에서 냄새마저 풍겼다. 등이 뻣뻣했고, 입은 바짝 말라 있었다. 나는 비틀거리면서 입구로 향했다.

파올로가 나를 기다리고 있었다.

그의 눈에서 두려움을 읽을 수 있었다.

우리는 지난 8년간 한 번도 만나지 못했고, 난 죄수 같은 얼굴을 하고 있었다.

그는 나를 꼭 안아주었고, 우린 서로를 부둥켜안은 채 한참을 서 있었다. 그는 내 목에 키스했고, 나는 눈물로 그의 머리를 적셨다.

그리고 그는 내 손을 잡고 내 눈을 응시했다. 그는 내 얼굴에서 지난 8년간의 삶이 지나가는 것을 바라보면서 매 순간을 듣고 있었다.

그리고 그는 미소를 지었다.

"파올로, 난 이제 다시는 거기로 돌아가고 싶지 않아요."

"당신은 애초부터 거기와는 상관없는 사람이었소, 베아트리스. 난 당신 전화를 기다리고 있었소."

:: 감사의 말 ::

계속 나아갈 수 있도록 격려해준 엠마 아론손에게 진심으로
고마움을 전합니다.

나는 알몸으로 춤을 추는 여자였다

그리고 지금은 알몸의 삶이 우글거리는 그곳, 산부인과 병원에서 간호조무사로 일하고 있다.

이 소설의 원제는 『2호실Chambre 2』이다. 제목만으로는 무슨이야기가 전개될지 도무지 가늠할 수 없는 이 소설은 제목처럼여러 개의 방을 차례로 등장시킨다. 그리고 그 문들을 우리에게활짝 열어 보이면서 그 안에서 머무르는 사람들의 사연을 차례로 들려주고 있다. 그 안에는 알몸의 여인들, 알몸을 드러내 보인 여인들이 머물고 있다. 이곳은 호텔이 아닌 산부인과 병동이기 때문이다. 그리고 그들은 다시 태어나기 위해 그곳에 머물고 있다. 엄마라는 이름으로 다시 태어나기 위해.

　열네 살에 무대에 올라 첫 번째 콘서트를 하고, 바이올린 연주자이자 가수, 작사·작곡가로 10여 년간 유럽 순회공연을 다녔으며, 석 장의 솔로 앨범을 낸 전력이 있는 작가 쥘리 보니는 그만큼의 시간 동안 산부인과 간호조무사로 일했다. 그녀가 거쳐온 삶의 여정은 소설의 화자인 베아트리스가 그녀와 겹쳐 보이게 하기에 충분하다. 그리고 쥘리 보니는 그녀의 첫 소설로 단번에 2013년 '프낙 소설 대상'을 거머쥐었다.

　쥘리 보니가 자유분방한 집시들로 이루어진 음악 그룹에 속해 있었던 것처럼, 베아트리스는 바이올리니스트와 드럼 연주자 그리고 게이 커플인 댄서와 함께 자유롭게 세상을 누비며 알몸으로 무대에 올라 춤을 추는 스트리퍼 댄서였다. 그녀는 자유로웠다. 그녀에게 삶은 곧 자유를 의미했다. 그리고 그녀는 사랑과 두 아이를 얻었다. 삶은 그녀에게 모든 것을 허락한 듯 보였다. 하지만 삶이 유한한 것처럼 행복하고 아름다운 것은 오래 가지 않는 법……. 그녀의 사랑 가보르는 등에 장엄하고 커다란 날개가 솟아나 바이올린과 함께 하늘로 날아가 버렸다. 그녀의 날개와 함께. 하늘로 날아갈 수 없었던 그녀가 지상에서의 삶을 위해 택한 곳은 새로운 탄생으로 북적거리는 산부인과 병원이었다. 그녀는 그곳에서 '정상적인' 삶을 살고 싶었다. 아니, 살아야 했다. 하지만 그녀는 아직 알지 못했다. 그곳에서는 새로운 생명만 탄생시키는 게 아니라는 사실을……. 그곳에서는 여느 병동처럼 삶과 죽음이 교차한다. 땀과 피와 눈물로 얼룩진 일상이 이어진다. 그리고 새로운 생명이 아닌 죽음으로 태어난 아이는 그 후유증을 깊게 남긴다. 베아트리스가 근무하는 산부인과 병동의 '2호실'에는 수년간 그 후유증에서 벗어나지 못한 채 식물인간처럼 누워 있는 여인이 있다. 그녀는 숨을 쉬고 육체가 늙어가지만 그녀의 영혼은 언제나 '그 순간'에 머물러 있다. 그녀는 그 순간을 놓을 수가 없다. 그녀의 남편은 그녀의 다른 딸하나를 데리고 그녀 곁을 떠났다. 그리고 다시 결혼하여 새로운 아이를 맞이하기 위해 병원으로 되돌아왔다. 2호실의 부인은 그 사실을 알지 못한다. 하지만 베아트리스는 그 모든 것들을 낱낱이 지켜보고 감당해야만 한다. 그녀의 업무는 다른 이들의 삶에 개입하는 것을 허용하지 않는다. 그녀는 매일같이 반복되는 기계적이고 고된 일상 속에서 단지 하나의 관찰자처럼 사실적이고 적나라하며 때로는 추하기도 한 그곳의 모습들을 우리에게 드러내어 보여주고 있다. 마치 열쇠 구멍으로 몰래 병실 안을 들여다보는 것같이 느껴지도록.

소설 속의 소설처럼, 그녀의 과거 삶에 대한 이야기는 병원에서의 삶에 대한 이야기와 교차되면서 우리를 과거로 데리고 간다. 스트리퍼 댄서로서 전성기를 구가하며 보냈던 순간들, 카라반을 타고 전국 곳곳을 돌아다니며 그 어디에도 얽매이지 않고 자유분방하게 살던 삶, 그러다 두 아이를 얻고 한 아이를 유산했던 경험 등이 세밀하고 감각적인 문체로 펼쳐지고 있다. 그것은 단순히 과거의 삶에 대한 그리움이나 회한을 넘어서서 자유로운 삶에 대한 갈구와 동경을 보여주는 것이리라. 그녀는 남에게 보여주기 위해 알몸으로 춤을 춘 것이 아니라 '자유롭기' 위해 알몸으로 춤을 춘 것이었다. 그녀의 알몸은 관능적이고 성적인 대상이 아니라, 가보지 못한 '그곳'에 대한 열망과 동경의 대상인 것이다. 간호조무사의 분홍색 유니폼 속에 가두어놓기에는 너무나도 뜨겁고 커다란 자유를 향한 갈망의 몸짓인 것이다.

작가 자신은 책 속의 에피소드들이 실제로 있었던 일이 아니라고 강조했지만 소설 속 이야기들은 픽션과 사실의 경계를 넘나드는 자전적이고 다큐멘터리적인 요소를 다분히 엿보게 한다. 그리고 무엇보다 이 소설이 주목받는 이유는 여성들의 가장 내밀한 구석을 보여주는 산부인과 병동에서 일어나는 이야기를 우리에게 낱낱이 들려주는 데 있다. 여성이 한 생명을 잉태하고 세상에 내보내는 일은 세상에서 가장 경건하고 고귀하고 가슴 떨리는 일일 것이다. 두 아들의 엄마이기도 한 역자는 감히 그렇다고 장담할 수 있다. 쥘리 보니는 세상에 나온 아기가 처음으로 엄마와 만나는 감동적인 순간을 감각적이고 아름답게 표현하고 있다.

그녀의 몸 위에 아기를 올려놓은 것은 나였다. 그리고 그녀는 웃고 울고 있다. 나는 아기와 사랑에 빠진 그녀를 지켜보고 있다.

마치 어딘가에서 온 새로운 색깔이, 내가 어린 시절에 보았던 무지개의 쪽빛이 온 방 안을 물들이는 듯하다.

그녀의 얼굴도 아기도 모두 쪽빛으로 물들고, 병원의 벽들도 쪽빛이며, 내 손과 팔과 머리카락도 점차 쪽빛으로 물든다.

새로운 색깔이 내 눈앞에서 줄줄 넘쳐흐르고 있다.

그러자 내 눈에서 갑자기 쪽빛 눈물이 솟구친다. 나는 잠시 그녀와 함께 울고 있다. 내가 목격한 것은 엄마의 탄생이다. 그건 어쩌면 아이의 탄생보다 더 감동적인 것이 아닐까.

내 눈앞에서 펼쳐지는 광경은 세상의 모든 종교화에 묘사된 광경만큼이나 경건한 것이다. 기적이란 바로 이런 것이 아닐까.

하지만 그 과정이 반드시 순조롭게 진행되는 것만은 아니며, 모든 세상사가 그렇듯이 엄마가 되는 과정, 엄마로 다시 태어나는 과정에도 기쁨과 슬픔, 감동과 고통, 행복과 비극이 교차하고 공존한다. 우리는 줄리 보니의 『나는 알몸으로 춤을 추는 여자였다』에서 그러한 삶의 면면을 따라가면서 때로는 공감하고 때로는 안타까움을 느끼기도 하고 또 때로는 살며시 미소 짓기도 한다.

산부인과 병동은 삶이 시작되는 곳이자 삶의 축소판을 보여주는 곳이다. 또한 자유로운 삶을 갈망하는 베아트리스에게는 강제적인 규정과 비인간적인 시스템으로 운영되면서 무기력감과 절망감을 안겨주기도 하는 곳이다. 하지만 그곳은 엄연한 삶이 가장 현실적인 모습을 드러내는 원초적인 공간이기도 하다. 그런 점에서 역자는 자유로운 삶만을 갈구하는 베아트리스에게 100프로 공감하기가 어려웠다. 엄연히 현실이라는 땅에 두 발을 딛고 살아가는 사람으로서 아무런 구속도 통제도 없는 자유로운 삶을 열망한다는 사실 자체가 때로는 너무나 비현실적으로 느껴지기도 하기 때문이었다. 각박하고 힘든 현실을 살아가는 수많은 사람들의 마음속에는 대부분 그러한 열망이 어느 정도는 잠재돼 있겠지만 그것을 밖으로 드러내 보이는 것은 누구나 할 수 있는 일이 아니다. 자신의 현실이 그것을 허락지 않기 때문이기도 할 것이고, 자신과 '다른' 삶을 살아가는 이들을 향한 차갑고 따가운 세상의 시선을 견디고 마주할 용기가 필요하기 때문이기도 할 것이다. 베아트리스가 꿈꾸듯 등에 커다란 날개를 달고 하늘로 훨훨 날아오를 용기가 없다면 『나는 알몸으로 춤을 추는 여자였다』의 산부인과 병동처럼 삶의 모든 희로애락이 존재하는 우리의 현실과 당당하게 맞서며 씩씩하게 살아가야 하지 않을까. 다소 엉뚱하게 들릴지 몰라도, 이 소설을 번역하는 내내 내 머릿속에 맴돌던 생각은 바로 그것이었다. 그리고 이 책을 읽은 독자들이 어떤 생각을 할지 그것이 궁금하다.

2014년 따사로운 4월에

박명숙

옮긴이 **박명숙**

서울대학교 사범대학 불어교육과를 졸업하고 프랑스 보르도 제3대학에서 언어학 학사와 석사
학위를, 파리 소르본 대학에서 '몰리에르' 연구로 불문학 박사 학위를 받았다. 서울대학교와 배
재대학교에서 강의를 했다. 현재 출판기획자와 전문번역가로 활동 중이다. 역서로 에밀 졸라의
『목로주점』과 『여인들의 행복 백화점』, 『전진하는 진실』, 『제르미날(근간)』, 파울로 코엘료의 『순
례자』, 로랑 구넬의 『가고 싶은 길을 가라』, 『라 퐁텐 그림우화』, 플로리앙 젤러의 『누구나의 연
인』, 티에리 코엔의 『나는 오랫동안 그녀를 꿈꾸었다』, 도미니크 보나의 『위대한 열정』, 마리 카
르디날의 『두 사람을 위한 하나의 삶』, 카타리나 마세티의 『옆 무덤의 남자』 등이 있다.

나는 알몸으로 춤을 추는 여자였다

1판 1쇄 인쇄 2014년 4월 28일
1판 1쇄 발행 2014년 5월 7일

지은이 쥘리 보니 **옮긴이** 박명숙
펴낸이 김영곤 **펴낸곳** (주)북이십일 아르테
출판등록 2000년 5월 6일 제10-1965호
주소 (우 413-120) 경기도 파주시 회동길 201(문발동)

대표전화 031-955-2100 **팩스** 031-955-2151
이메일 book21@book21.co.kr **홈페이지** www.book21.com
트위터 @21cbook **블로그** http://blog.naver.com/staubin
페이스북 facebook.com/21arte

아르테는 (주)북이십일의 새로운 문학 브랜드입니다.

ISBN 978-89-509-5532-8 03860
책값은 뒤표지에 있습니다.

책 내용의 일부 또는 전부를 재사용하려면 반드시 (주)북이십일의 동의를 얻어야 합니다.
잘못 만들어진 책은 구입하신 서점에서 교환해 드립니다.